주석으로 쉽게 읽는

고정욱 삼국지 9

일러두기

1. 《고정욱 삼국지》는 기존의 여러 《삼국지》 번역본들을 비교, 대조하여 작가의 시각에서 현
   대적인 문장으로 재해석해 평역한 새로운 《삼국지》입니다.

2. 《삼국지》 원본의 장황하고 불필요한 사건이나 서술, 시, 관직, 인물명 등은 과감히 생략하여
   쉽고 빠르게 읽을 수 있도록 구성하였습니다.

3. 주석과 고 박사의 '여기서 잠깐' 코너를 통해 역사와 문학, 그리고 사상과 철학 및 지식을 쉽
   게 배울 수 있도록 하였습니다.

4. 지리적 배경에 대한 이해를 돕기 위해 간략한 지도를 주석에 삽입하였습니다.

주석으로 쉽게 읽는

고정욱
삼국지

9

멈출 수 없는 출사

고정욱 편역

애플북스

차
례

1
귀신같은 철군

제갈공명은 기산 영채에 머물고 있었다. 신성의 정세를 살피러 갔던 정탐꾼이 돌아와 곧바로 제갈공명에게 보고했다. 사마의가 길을 재촉해 맹달을 처치했다는 소식과 촉군을 막기 위해 장합을 선봉장으로 삼아 대군을 거느리고 온다는 소식이었다.

제갈공명은 무척 안타까워했다.

"아, 맹달이 일을 치밀하게 처리하지 못하고 죽었으니 어찌할꼬. 사마의가 분명 가정을 취해 우리 요충지를 끊을 것이다. 누가 가서 가정을 지킬 것인가?"

참군 마속이 나섰다.

"제가 가겠습니다!"

"가정은 작지만 매우 중요한 곳이다. 그곳을 잃으면 우리 대군은 모두 끝장난다고 봐야 한다. 성곽도 없고 의지할 천혜의 요새도 없기 때문에 가정은 지키기가 무척 힘들다."

"제가 어려서부터 병서를 읽어 병법을 좀 압니다. 제가 반드시 지켜 내겠습니다."

"사마의는 보통 사람이 아니고 장합도 뛰어난 명장이다. 그대가 감당하지 못할까 두렵구나."

"사마의나 장합 따위가 무엇이 그리 두렵습니까? 제가 실수한다면 저의 가족을 죽여도 좋습니다."

"군중에서 함부로 그러한 말을 하는 것은 옳지 않다."

"그렇다면 군령장을 쓰겠습니다."

마속이 집요하게 나오자 제갈공명이 마지못해 고개를 끄덕였다. 마속이 군령장을 써서 바치자, 제갈공명은 이만오천 명의 정예병을 주면서 왕평을 불러 따라가도록 지시했다. 끝내 마속의 경솔함이 마음에 걸렸던 것이다.

"그대는 신중하기에 내가 특별히 중임을 맡긴다. 가정에 도착하면 조심스럽게 영채를 세우고, 길목을 지켜 적들이 절대 지나가지 못하게 막아라. 그리고 나서 사면팔방의 지형을 자세히 그려 내게 보내라."

"분부대로 하겠습니다!"

"모든 일을 두 사람이 의논하여 행하되 절대 경솔하게 움직이지 마

라. 가정을 지켜 낸다면 그대는 일등공신이 될 수 있다."

마속과 왕평은 군사를 이끌고 떠났다. 그래도 걱정이 가시지 않아 제갈공명이 고상을 불렀다.

"가정의 동북쪽에 있는 열류성으로 가라. 열류성은 궁벽하지만 길이 좁아 군사를 주둔하고 영채를 세울 만하다. 군사 일만을 줄 테니 그곳에 머물다 가정이 위태로워지면 구원하도록 하라."

고상마저 떠났지만 공명은 여전히 불안한 마음을 떨칠 수 없었다. 결국 위연을 불러 본부 군사들을 데리고 가정 땅 뒤쪽에 가서 주둔하라고 명했다. 그러자 위연이 불평했다.

"저는 선봉으로 적을 물리쳐야 하는데 어찌 한가한 곳에서 기다리라 하십니까?"

"그렇지 않다. 선봉장은 누구나 될 수 있지만 가정 땅을 후원하는 일은 아무나 할 수 없기에 그대를 보내는 것이다. 양평관으로 가는 길목을 막아 한중을 안전하게 하는 요충지를 지키려 함이니 책임이 막중하다. 그대가 아니면 막을 사람이 없다."

그 말에 위연은 비로소 얼굴이 밝아져 군사를 이끌고 떠났다. 공을 다투기 좋아하고 거칠고 안하무인으로 행동하는 위연을 다룰 사람은 제갈공명뿐이었다.

공명은 이어 조자룡과 등지를 불러 명령을 내렸다.

"사마의가 출병했소. 그동안 쉽게 이겼던 싸움과는 완전히 다른 판이 됐소. 그대들은 군사를 이끌고 기곡 땅으로 가시오. 그곳에서 군사가 아주 많은 것처럼 적을 속이시오. 적이 혼란을 겪는 동안 나는 대군을 이끌고 야곡을 지나 미성을 얻도록 하겠소. 미성만 얻는다면 장안을 손쉽게 얻을 수 있소."

의서에 따르면 생각이 많으면 신경이 약해지고, 염려가 많으면 뜻이 흩어진다고 했다. 또한 근심이 많으면 마음이 불안해진다. 제갈공명의 상태가 바로 그런 짝이었다. 출사표를 던지고 필생의 대업을 이루려 군사를 거느리고 나와 근심이 배가되었다.

한편 마속과 왕평은 제갈공명의 염려를 뒤로하고 가정 땅에 이르렀다. 두 사람의 갈등은 이때부터 시작되었다. 지세를 살펴본 마속이 웃으며 말했다.

"승상께서 걱정이 지나치시군. 이런 궁벽한 땅에 위나라 군사가 올 턱이 없소이다."

왕평이 말했다.

"안 오면 좋겠지만 올 경우를 대비해 다섯 길목에 영채를 세우고 나무를 베어 목책을 두르면 오래 버틸 수 있을 것입니다."

"무슨 소리요? 왜 길목에 영채를 세운단 말이오? 저쪽 산꼭대기는 모두 막혀 있는 데다 숲이 무성하오. 저 위에 주둔하면 될 것이오."

"안 됩니다. 이곳에 울타리를 쌓아 지키면 적군 십만이 달려들어도 버틸 수 있지만 산 위에 주둔했다가 위군이 사방을 포위하면 어찌할 생각이오?"

"하하하, 병법에서 말했소. 높은 곳에 의지해 아래를 내려다보면 형세를 대나무 쪼개듯 할 수 있다고 말이오. 위군이 쳐들어온다면 한 놈도 살려 보내지 않을 것이오."

병법에 밝은 마속은 이참에 스승 격인 제갈공명에게 자신의 능력을 보여주고 싶었다. 하지만 왕평도 지지 않았다.

"나는 승상과 함께 수차례 전쟁을 치렀소이다. 승상께서 진을 벌리는 것을 보았는데, 지금 형세를 보니 외딴 곳이라 위군이 와서 물을 길어 먹을 길을 끊는다면 우리는 싸움을 하기도 전에 항복하게 될 것이오."

"그런 어지러운 얘기는 꺼내지도 마시오. 손자가 말했소. 죽을 땅에 들어가야만 살 수 있다고 말이오. 만일 물길을 끊는다면 우리 군사들이 더욱더 용맹하게 싸울 것이오. 내가 오래전부터 병서를 읽어 승상도 온갖 일을 내게 묻곤 하셨소. 감히 그대가 내 뜻을 꺾겠다는 거요?"

오만한 자가 화를 부르는 법이다. 마속이 이토록 고집을 피우자 달리 방법이 없었다. 왕평이 단념하고 말했다.

"기어이 산 위에 영채를 세우겠다면 나에게 군사를 나눠 주시오. 서쪽에 작은 영채를 세워 기각지세를 이루다 위군이 오면 맞서 싸웁시다."

"내 말이 맞는데 왜 이리 고집을 피우시오?"

"만일을 대비하자는 것 아니오."

마속은 끝내 왕평의 말을 듣지 않고 자기주장만 고집했다.

그때 위군이 접근한다는 첩보가 들어왔다.

"위군이 빠르게 다가온답니다. 어서 명령을 내려 주십시오."

일이 다급해지자 마속이 어쩔 수 없이 말했다.

"좋소. 군사 오천을 내줄 테니 마음대로 하시오. 나중에 위군을 물리치고 돌아가면 공로는 절대 그대에게 나눠 주지 않겠소."

"그건 마음대로 하시오."

마속은 이미 공에 눈이 어두워져 있었다.[†]

왕평은 군사 오천을 데리고 십 리 밖에 영채를 세웠다. 그리고 떠나올 때 지시받은 대로 지형도를 그려 제갈공명에게 전하라고 일렀다.

사마의는 성안에서 둘째 아들 사마소를 불러 분부했다.

"촉군의 군사가 어떻게 지키고 있는지 정탐하고 오너라."

사마소가 주변을 한 바퀴 돌고 들어와 말했다.

"도독, 수많은 군사가 가정을 지키고 있습니다."

"무엇이? 과연 제갈공명이로다. 내가 이쪽으로 올 줄 어찌 알고 군사들을 배치했단 말인가?"

사마의의 얼굴이 급히 어두워졌다. 자신의 수를 읽혔기 때문에 낭패스러웠다. 그래도 미련이 남아 한 차례 더 물었다.

"자세히 말해 보아라. 그들이 길목을 차단하고 있더냐?"

"아닙니다."

"뭐라? 아니라고?"

사마의가 눈을 크게 떴다.

"예, 적은 산 위에 진을 쳤습니다."

사마의의 얼굴이 다시금 밝아졌다.

"그게 정말이냐? 산 위에 있다고?"

"그렇습니다. 쉽게 무찌를 수 있을 듯합니다. 길목에는 전혀 영채를 세우지 않았습니다."

"으하하하! 촉군이 산꼭대기에 있다면 하늘이 나를 돕는 것이다. 믿을 수가 없구나. 아무래도 내 눈으로 직접 확인해 봐야겠다."

사마의는 인근의 높은 산에 올라 적진을 살폈다. 그리고 자신있게 말했다.

"저자들은 명이 길지 못할 것이다."

이때 산 위에 군사들을 머무르게 한 마속은 생각이 달랐다.

"아무리 천하무적의 위군이라도 설마 이 산을 포위하지는 않을 것이다. 살고 싶다면 말이다. 위를 올려다보고 싸워 이길 수야 없지 않겠는가!"

하지만 사마의는 가정을 지키는 마속의 군사들을 충분히 살피고 와서 호기롭게 부하들에게 말했다.

"마속은 이름만 헛되이 알려진 용렬한 장수로다. 제갈공명이 어리석은 장수를 써서 일을 그르쳤구나. 다른 군사들은 더 없더냐?"

"십 리쯤 떨어진 곳에 작은 영채가 있었습니다. 왕평이 이끌고 있다 했습니다."

"음, 그게 눈엣가시로다."

사마의가 장합을 불렀다.

"장군은 왕평의 군사들만 책임지고 막으시

이런 마속의 마음을 표현하는 말이 공명심이야. 공명심은 뜻이 두 가지가 있어. 마속의 공명심은 공을 세워 자신의 이름을 드날리려는 공명심(功名心)이야. 이건 입신양명이나 수신제가치국평천하와 비슷한 의미지. 또 다른 공명심(公明心)은 공정하고 명백하게 일을 처리하겠다는 마음이야. 앞의 공명심이 이기주의라면 뒤의 공명심은 이타주의라고 할 수 있지.

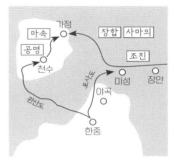

가정을 둘러싼 촉군과 위군의 대립

오. 그리고 신탐과 신의 장군은 두 갈래로 나가 마속의 진지를 포위하시오. 가장 먼저 할 일은 물길부터 차단하는 것이오. 그리하여 촉군이 스스로 혼란에 빠지면 그때 공격하시오."

사마의의 명에 따라 모든 군사들이 신속하게 움직였다.

다음 날 아침, 산 아래를 내려다본 마속이 깜짝 놀랐다. 조용히 진군한 위군이 온통 산야를 뒤덮은 것이다. 군사들의 대오는 질서정연하기 이를 데 없었다. 감히 내려가 싸울 엄두가 나지 않았다. 그렇지만 싸움을 개시하지 않을 수 없었다.

"어서 나가 적을 물리쳐라!"

위군의 기세에 눌린 군사들은 두려워 선뜻 나서지 않았다.

"적이 코앞에 오지 않았느냐? 뭣들 하는 게냐?"

화가 치민 마속이 칼을 뽑아 머뭇거리는 장수의 목을 베었다. 그제야 군사들이 두려움에 떨며 산 아래로 내려갔다.

"공격하라!"

마속이 독려해 싸움을 이끌었지만 위군은 끄떡하지 않았다. 촉군은 다시 쫓겨 산으로 올라올 수밖에 없었다. 사태가 불리하자 마속은 영채를 굳게 닫았다.

"큰일 났다! 구원병이 오기를 기다려라."

등골에 식은땀이 흘렀다. 마속의 작전은 완전히 수포로 돌아갔다. 그는 왕평의 군사들이 도우러 오기를 기대했다.

그 시각, 왕평은 장합과 정면으로 맞부딪쳐 마속을 구원할 여력이 없었다. 군사 수도 적고 힘이 달리자 왕평이 뒤로 물러섰다.

위군은 마속이 주둔한 산을 둘러싼 채 꼼짝 않고 하루를 버텼다. 시간은 위군 편이라 급할 까닭이 없었다. 산 위의 촉군은 밥 해 먹을 물은 커녕 마실 물도 없었다.

"이대로 있다가는 개죽음당하기 십상이야."

"맞아. 위군에게 죽거나 마속에게 죽을 뿐이라고."

"하나 더 있지. 굶어 죽는 거."

"살길은 항복하는 것뿐이야."

군사들이 술렁거렸다. 갈증에 시달리던 병사들은 밤이 되자 영채 문을 열고 위군에게 투항했다. 마속은 그들을 막을 수가 없었다. 엎친 데 덮친 격으로 위군이 산기슭에 불을 놓자 촉군들은 타 죽을까 봐 두려움에 떨었다.

"아아, 내가 크나큰 실수를 저질렀구나."

마침내 마속은 자신의 실수를 인정하고 군사들을 수습하여 서쪽으로 도망쳤다.

"포위망을 열어 주어라!"

사마의는 그들을 놓아주라고 일렀다. 섬멸하려고 총공격을 하다가는 촉군이 죽기를 각오하고 덤빌 수 있었기 때문이다. 쥐도 궁지에 몰리면 고양이를 무는 법이다. 그럴 바엔 도망치게 놔두고 자연스럽게 군사들이 흩어졌을 때 손쉽게 승리를 얻을 생각이었다. 열린 포위망으로 마속이 군사들을 이끌고 빠져나가자 위군이 추격하기 시작했다. 마속이 장합에게 정신없이 쫓겨 삼십 리쯤 달아났는데 갑자기 군사들이 나타나 앞을 가로막았다. 촉군이었다.

"마속은 걱정 마라! 내가 구하러 왔다!"

마속이 못 미더워 제갈공명이 뒤늦게 보낸 위연의 군사들이었다. 위연이 칼을 휘두르자 장합이 이겨 내지 못하고 후퇴했다. 위연은 장합을 끝끝내 추격해 가정을 탈환하고 다시 오십 리를 더 추격했다. 그러나 이번에는 너무 멀리까지 간 위연이 복병에게 둘러싸였다. 왼쪽에서 사마의, 오른쪽에서 사마소가 나타난 것이다. 게다가 도망치던 장합까지 가세해 달려들자 촉군은 적의 포위망에 갇혀 태반이 죽고 나머지도 절망적인 상황이었다. 공명심에 불탄 마속의 실수를 수습하러 온 위연 또한 공명심에 불타는 장수였다는 게 문제였다.

이때 멀리 물러나 있던 왕평의 군사들이 포위망을 뚫고 쳐들어왔다.

"장군, 내가 도우러 왔소!"

위연이 기뻐하며 왕평과 함께 힘을 합쳐 적을 베고 쓰러뜨렸다. 간신히 포위망을 열고 영채로 돌아왔지만 영채는 이미 위군의 깃발로 덮여 있었다. 왕평과 위연은 고상이 지키는 열류성을 향해 말머리를 돌렸다.

고상은 가정이 함락되었다는 소식을 듣고 군사들을 이끌고 도와주러 가다가 위연 일행을 만났다. 자초지종을 들은 고상이 말했다.

"오늘 밤 위군의 영채를 급습해 가정을 되찾읍시다!"

"그거 좋은 생각이오. 저들도 지쳤을 것이오."

촉군은 밤이 되기를 기다려 군사를 세 길로 나누어 진군했다. 위연이 가장 먼저 도착했다. 하지만 위군의 영채가 텅텅 비어 있었다.

"앗, 속았다!"

고상의 군사들도 뒤이어 쳐들어왔지만 영문을 알 수 없기는 마찬가지였다. 군사들이 어쩔 줄 몰라 불안해할 때였다. 불길이 치솟는 동시에 숨어 있던 위군이 일제히 북소리를 울리며 달려와 위연과 고상을 포위했다. 촉군은 좌충우돌하며 찌르고 베고 쓰러뜨렸다. 하지만 아무리 힘을 써도 포위망을 뚫을 수가 없었다. 그때였다.

　"내가 왔소!"

　우레 같은 함성이 일더니 한 무리의 군사가 들이닥쳤다. 가장 늦게 도착한 왕평의 군사였다. 왕평은 위연과 고상을 구출해 함께 열류성을 향해 도망쳤다. 그런데 성 가까이 이르렀을 때 새로운 군사들이 앞을 가로막았다.

　"너희들은 목을 내놓아라!"

　'위 도독 곽회'라고 쓰인 깃발을 든 군사들이었다. 사마의가 전공을 독차지할까 시기해 곽회가 군사를 이끌고 나온 것이다. 그들은 사마의가 가정을 차지했다는 소식을 듣고 공을 세우려 열류성으로 달려오던 참이었다. 기세등등한 곽회의 군사들에게 촉군은 또다시 크게 패했다.

　열류성을 포기한 위연은 양평관마저 빼앗길까 두려워 왕평, 고상과 함께 양평관을 향해 내달렸다.

　"으하하하, 내가 간단히 성을 빼앗았노라!"

　곽회가 열류성을 얻고자 들뜬 마음에 성 앞에 가서 성문을 열라고 큰 소리를 쳤다.

　"어서 성문을 열어라!"

　그러자 성루 위에서 깃발들을 내세우며 군사들이 얼굴을 내밀었다.

깃발에 '평서도독 사마의'라고 쓰여 있었다. 사마의가 성 위에서 곽회를 내려다보며 웃었다.

"곽 도독은 왜 이리 늦으셨소?"

곽회는 놀라면서도 머쓱해 가만히 탄식했다.

"아, 내가 중달을 이길 수가 없구나. 신묘한 계책을 따를 수가 없으니 말이다."

두 사람이 성안에 함께 자리했을 때 사마의가 말했다.

"제갈공명은 반드시 후퇴할 것이오. 공은 조진과 함께 달려가 그를 추격하시오."

"알겠소이다!"

곽회는 군사들을 모아 열류성을 떠났다.

이때 사마의는 위연과 왕평, 마속, 고상이 양평관을 지키러 갈 것으로 예측했다. 그러면서도 제갈공명의 습격을 두려워했다. 아무래도 제갈공명이 거기까지 내다보고 있을 것만 같았다.

사마의가 장합에게 일렀다.

"기곡 땅으로 가서 물러가는 촉군을 위협하도록 하시오. 나는 야곡의 군사를 막을 테니, 설령 촉군이 패하여 도망가더라도 절대 막으려 하지 마시오."

사마의의 계책에 따라 장합은 군사 절반을 이끌고 기곡을 향해 떠났다. 사마의도 신탐과 신의에게 열류성을 맡기고, 대군을 거느리고 야곡을 향해 출발했다.

가정으로 군사들을 보낸 제갈공명은 불안하기 짝이 없었다. 마침 왕평의 보고가 올라왔다. 지형도를 본 제갈공명이 깜짝 놀랐다.

"아, 이런! 지형도를 보니 마속이 참으로 어리석은 짓을 했도다!"

좌우에서 물었다.

"승상, 어찌하여 그러십니까?"

"물길을 끊으면 우리 군사들이 큰 혼란에 빠질 것이다. 이를 어쩌면 좋단 말인가? 가정을 잃었구나."

그러자 장사 양의가 나섰다.

"제가 가서 영채를 보존하겠습니다."

"오, 그대가 나선다면 더 바랄 게 없도다."

제갈공명은 어느 곳에 영채를 세워야 하는지 일일이 알려 주었다. 그러나 시간이 없었다. 어느새 전령이 들어와 소식을 알렸다.

"가정과 열류성을 모두 잃었습니다!"

제갈공명이 탄식했다.

"아, 사람을 잘못 쓴 내 탓이다. 모두 잃었구나."

제갈공명이 정신을 차리고 관흥과 장포를 불렀다. 이제 후퇴하는 것이 급선무였다. 더 싸워 봐야 승산이 없었다. 군사를 하나라도 잃지 않고 후퇴하는 것만이 다음을 도모하는 지름길이었다.

제갈공명은 관흥과 장포에게 적을 만나도 싸우지 말고 북소리와 함성을 울려 군사가 많은 척 놀라게 하면 적이 스스로 물러갈 테니 추격하지 말고 양평관으로 가라고 명했다. 장익에게도 군사를 이끌고 검각으로 가서 길을 정비해 돌아갈 길을 다져 놓으라고 일렀다.

제갈공명은 전군에게 비밀리에 후퇴 명령을 내렸다.[†] 또한 군사들과 관리들에게 한중으로 옮겨 가도록 지시한 뒤, 기현으로 사람을 보내 강유의 노모까지 한중으로 모시게 했다. 그러고 나서 직접 오천 군사를 이끌고 서성으로 가 식량과 마초를 운반했다. 이때 정탐꾼들이 달려와 급하게 보고했다.

"사마의의 대군이 이쪽으로 물밀듯 밀려옵니다."

"수가 얼마나 되느냐?"

"십오만은 되는 듯합니다."

모든 장수를 보내 제갈공명 곁에는 이렇다 할 장수 하나 없었다. 남은 이들은 문관뿐이었고, 군사 오천 중 절반은 벌써 식량과 마초를 실은 수레를 끌고 떠났다. 성에 남은 군사는 이천오백 명뿐이었다.

"어쩌면 좋습니까? 우리가 이 성을 지킬 수는 없습니다."

흙먼지가 일며 멀리서 군사들이 다가오는 모습이 보였다. 제갈공명은 침착했다.

"걱정 마라! 성 위에 세운 정기를 모두 내려라. 군사들은 성안의 길목을 지키고 함부로 드나들거나 떠들지 말고 정숙을 유지하라. 모든 성문을 열어 두되, 성문마다 군사 이십 명을 백성인 것처럼 꾸며 물을 뿌리고 비질하여 깨끗이 쓸도록 하라. 나에게 묘책이 있다."

그렇게 당부한 제갈공명은 학창의에 윤건을 쓰고 동자에게 거문고를 들려 적진이 내려다보이는 성루로 올라갔다. 그리고 난간에 앉아 향을 피운 뒤 거문고를 뜯으며 곡조를 연주했다.

사마의의 군사들은 거침없이 다가오다 뜻하지 않은 광경을 보고 다들 어안이 벙벙했다. 한 군사가 사마의에게 보고했다.

"제갈공명이 성루 위에서 향을 피워 놓고 거문고를 뜯고 있습니다."

"그게 도대체 무슨 소리냐? 말이 되는 소리를 해라!"

"가서 직접 보십시오!"

사마의가 직접 다가가 성을 살폈다. 군사를 숨겨 놓은 흔적이라곤 전혀 없는데 제갈공명이 태연하게 거문고를 뜯고 있었다. 사마의는 불쑥 의구심이 들었다.

'제갈공명은 늘 나의 생각보다 한 수 위였다. 게다가 신의 경지에서 지략을 쓰는데 저렇게 아무 방비 없이 자신을 노출한다는 건 나의 허를 찌르려는 것이 아닌가?'

사마의는 등골이 오싹했다. 머뭇거리는 순간에도 어딘가에서 복병이 몰려오고 있을 것만 같았다. 이거야말로 자신을 독 안에 가두려는 술책이 분명했다.

"후퇴하라! 서둘러라! 복병을 숨겨 놓은 것 같다."

사마의가 군사를 돌리자, 둘째 아들 사마소

여기서 잠깐!!

제갈공명이 천재적인 군사 전략가라는 명성은 그의 공격력이 아니라 후퇴 능력에 있어. 전쟁은 조조도 말했듯이 이길 때가 있으면 질 때도 있는 법이야. 중요한 것은 패배할 수밖에 없다면 재기할 수 있을 정도로 패배해야 한다는 거야. 그렇기에 작전상 후퇴를 해야 할 때가 있어. 이순신 장군이 명량에서 대승을 거두어 전쟁을 역전시킬 수 있었던 것도 열두 척의 배가 남아 있었기 때문이라면 이해가 되겠지?

가 물었다.

"군사가 없어서 일부러 꾸민 것 같습니다. 왜 군사를 돌리십니까?"

"아니다. 제갈공명은 신중한 사람이다. 평생 위험한 모험이라고는 해 본 적이 없다. 저렇게 태평한 것은 분명히 매복이 있기 때문이다. 우리 가 무턱대고 쳐들어가면 계책에 말려든다. 속히 퇴군하라!"

위군은 재빨리 물러갔다. 이를 본 제갈공명이 박장대소했다.

"하하하하!"

관원들이 물었다.

"사마의가 십오만 대군을 끌고 왔다가 저렇게 물러가는 까닭이 무엇 입니까? 이유를 알 수 없습니다."

"사마의가 나를 잘 알기 때문이다. 내가 조심성이 많은 사람이라 위 험한 짓을 절대 하지 않는다는 것을 알기에 복병이 있는 줄 지레짐작하 고 물러간 것이다."

"아, 그렇군요!"

"내 오늘같이 위험한 짓은 평소에 안 하지만 형세가 급박해 어쩔 수 없이 이런 계책을 썼다. 사마의는 군사를 이끌고 샛길을 통해 북산으로 갈 것이다. 관흥과 장포를 보내 지키고 있다가 공격하라 일러두었으니, 우리는 물러갈 준비나 하자."

"승상의 신묘한 계책은 따를 수가 없습니다."

"우리 군사가 이천오백 명뿐이니 달아난다 해도 얼마 못 가서 사로잡 힐 것이 아니겠는가? 그럴 바엔 이렇게 도박을 해보는 수밖에!"

훗날 사람들은 제갈공명의 석 자 길이의 거문고가 대군보다 낫다고 칭송했다.

제갈공명은 군사들과 말을 수습하여 신속하게 한중으로 떠났다. 천수, 안정, 남안, 세 고을의 백성들도 피란 짐을 싸들고 줄줄이 따라왔다. 과거 형주 백성들이 유비를 따라 목숨 걸고 이동하던 때와 흡사한 형국이었다.

이때 사마의는 무공산의 샛길을 가고 있었다. 문득 북소리와 땅을 뒤흔드는 요란한 함성이 들렸다. 사마의가 주위를 경계하며 말했다.

"이것 봐라. 우리가 서성에서 물러나지 않았다면 틀림없이 제갈공명의 계략에 빠졌을 것이야."

요란을 떤 군사들은 바로 관흥과 장포였다. 그들은 시끄러운 소리를 내고 숲속에서 부산스럽게 움직여 군사 수가 얼마인지 짐작할 수 없게 만들었다. 대군이 숨어 있다고 생각한 위군은 싸울 생각도 않고 갖고 있던 물건들을 버리고 도망쳤다. 관흥과 장포는 그들을 추격하지 않고 병기와 식량, 마초만 거두어 돌아갔다.

한편 조진은 제갈공명이 물러났다는 소식을 듣고 군사를 이끌고 쫓아왔다. 그런데 갑자기 촉군이 산과 들을 덮으며 몰려왔다. 강유와 마대였다. 선봉인 진조가 아무런 득도 없이 마대의 칼에 희생되자, 조진은 당황하여 정신없이 도망쳤다. 촉군은 조진을 쫓지 않고 밤을 새워 가며 한중 땅으로 달리고 또 달렸다.

기곡 산중에 군사를 숨겨 놓고 기다리던 조자룡과 등지는 제갈공명의 전령을 받고 회군을 준비했다. 조자룡이 등지에게 말했다.

"위군이 반드시 우리를 쫓아올 것이야. 내가 한 무리의 군사를 이끌고 매복할 테니, 그대는 군사들과 함께 내 깃발을 들고 천천히 물러가라. 나도 뒤따르겠다."

이때 곽회가 추격해 오다가 조자룡이 있다는 얘기를 듣고 소옹에게 말했다.

"조자룡은 영용한 인물이니 만나더라도 극히 조심하라. 적들이 후퇴한다 해도 계교가 있을 것이야."

그러자 소옹이 큰소리를 쳤다.

"도독이 뒤에서 도와주신다면 조자룡을 사로잡아 오겠소이다!"

소옹은 삼천 명의 군사를 이끌고 촉군을 추격했다. 정신없이 추격하다 드디어 촉군을 만났는데, 깃발을 보니 '조운(趙雲)'이라 쓰여 있었다. 자신이 잡아 오겠다고 큰소리쳤던 바로 그 조자룡의 깃발이었다. 하지만 급격히 간이 졸아들어 군사를 거두어 물러났다. '조자룡'이라는 이름만 들어도 다리가 후들거렸던 것이다.

그런데 얼마 안 가 또다시 함성이 터져 나오더니 한 떼의 군사들이 들이닥쳤다.

"그대는 누구냐?"

소옹이 묻자 앞서 달려오는 나이 든 적장이 외쳤다.

"네가 조자룡을 모른단 말이냐?"

소옹은 기겁했다. 등지가 조자룡의 깃발을 들고 후퇴하는 것을 보고 지레 놀라 도망쳤다가 진짜 조자룡을 만난 것이다. 당황한 소옹은 제대로 저항도 못 하고 조자룡의 칼에 찔려 죽었다. 위군이 흩어지자 조자룡이 앞으로 달려가는데 또 다른 위군이 추격해 왔다. 곽회의 부장인 만정이었다. 조자룡은 아예 창을 들고 길목에 서서 만정이 올 때까지 기다렸다. 촉군이 멀리 퇴각하도록 시간을 벌어 준 것이다.

만정은 가까이 다가왔지만 조자룡의 기세에 눌려 돌격하라는 명령을 내리지 못했다. 팽팽한 긴장감이 하루 종일 이어졌다. 조자룡은 날이 저물 때까지 그 자리에서 버티다 천천히 말머리를 돌렸다.

곽회가 도착하자 만정이 대기하다 보고했다.

"조자룡의 영용함이 옛날과 조금도 다를 바 없어 도저히 싸울 수가 없었습니다."

"그 무슨 어리석은 소리냐? 당장 추격하라!"

만정은 뒤늦게 조자룡을 추격했다. 한참을 달렸을 때 갑자기 숲속에서 조자룡이 튀어나왔다. 추격대가 올 줄 알고 기다렸던 것이다.

"조자룡이 여기 있다!"

벼락 때리는 듯한 소리가 났다. 그 서슬에 놀라 말에서 떨어진 자가 백 명이 넘었고, 걸음아 날 살려라 도망친 자가 부지기수였다. 당황한 만정이 허둥거릴 때 조자룡의 화살이 날아와 투구 끈을 맞혔다. 혼이 빠지게 놀란 만정은 계곡 아래로 떨어져 물에서 허우적거렸다. 가까이 다가온 조자룡이 창을 겨누며 말했다.

"목숨은 살려 주마. 가서 곽회에게 속히 오라고 전해라!"

"분부대로 행하겠습니다!"

만정은 죽음에서 벗어나 뒤도 안 돌아보고 도망갔다. 조자룡은 수레와 인마를 호송해 한중에 닿을 때까지 도중에 잃어버린 것이 하나도 없었다. 조진과 곽회는 천수, 남안, 안정, 세 고을을 되찾은 것을 자신들의 공로로 삼았다.

뒤늦게 서성에 다시 간 사마의는 백성들에게 저간의 사정을 물었다. 아무리 생각해도 의문을 풀 수 없었기 때문이다.

"그때 제갈공명이 어떤 꾀로 나를 미혹한 것이냐?"

"승상에게 별다른 군사가 없었습니다."

"맞습니다. 제갈 승상은 이천오백 명의 군사밖에 없었습니다."

사마의가 탄식했다.

"아아, 속았구나!"

게다가 관흥과 장포가 고작 삼천 명의 군사로 이산 저산 옮겨 다니며 기세만 올렸을 뿐이라는 사실도 알았다. 사마의가 하늘을 올려다보며 탄식했다.

"아, 나는 정녕 제갈공명보다 못하구나."

사마의는 마침내 관원들과 백성들을 위무한 뒤 군사를 거느리고 장안으로 돌아갔다. 조예가 사마의의 공로를 치하했다.

"오늘 농서의 여러 고을을 되찾은 건 모두 그대 공이로다."

"한중의 촉군을 완전히 섬멸하지 못했습니다. 신에게 대군을 주신다면 동천과 서천을 모두 취하여 보답하겠습니다."

"말만 들어도 좋구나. 내가 대군을 주겠노라."

그때 한 신하가 불쑥 나섰다. 바로 손자(孫資)였다.

"저에게 계책이 있습니다. 촉을 평정하고 오의 항복을 받을 수 있습니다."

"무슨 계책이 있단 말인가?"

"지난날 태조 무황제께서 장로를 거둘 때 위태로움을 겪으신 뒤 평정할 수 있었습니다. 그때 신하들에게 남정 땅은 하늘의 감옥과 같은 곳이라 말씀하셨습니다. 야곡까지 이르는 오백 리 길은 바위에 뚫린 동굴과 같아 군사를 쓸 만한 곳이 못 됩니다. 우리가 만일 촉을 친다면 그 틈에 동오가 쳐들어올 것입니다. 차라리 지금 있는 군사들을 몇몇 장수들에게 나누어 주고 요충지를 지키면서 강성하게 내실을 기하는 편이 낫습니다. 그러다 보면 몇 년 내로 동오와 촉이 서로 싸우다 지칠 것입니다. 그때까지 참으셔야 합니다."

사마의가 말했다.

"손 상서의 말이 옳습니다."

그리하여 조예는 장수들을 요충지로 보내 지키게 하고, 곽회와 장합은 장안을 지키도록 했다. 이어 삼군에게 큰 상을 내린 뒤 비로소 낙양으로 돌아갔다.

그때 제갈공명은 한중에 돌아와 군사들을 점검했다. 때마침 조자룡이 돌아왔는데 군사 하나 잃지 않았다고 했다. 제갈공명이 직접 마중을 나가자 조자룡이 황급히 말에서 내렸다.

"패한 장수가 왔는데 어찌 승상께서 직접 영접하십니까?"

제갈공명이 조자룡을 붙잡아 일으키며 말했다.

"이번 일은 내가 현명함과 우매함을 알지 못하고 사람을 썼소. 모든 군사가 패배하여 손실을 보았는데, 오직 장군만 군사 하나 말 한 마리 잃지 않았으니 어찌 기쁘지 않겠소."

등지가 옆에서 말했다.

"조 장군께서 남아 뒤를 막아 주셨기에 가능한 일이었습니다. 적들은 장군 깃발만 봐도 놀라서 감히 공격하지 못했습니다."

제갈공명이 감탄하여 조자룡에게 황금 오십 근을, 수하 군사들에게 비단 일만 필을 내렸다. 그러나 조자룡은 거절했다.

"이번 싸움에서 공도 못 세우고 폐를 드렸는데 제가 상을 받는다면 승상께서 상벌이 분명치 않은 사람이라고들 얘기할 것입니다. 보관해 두셨다가 올겨울에 군사들에게 나눠 주셔도 늦지 않습니다."

"선제께서 그대의 덕을 침이 마르도록 칭찬하시더니, 괜한 말씀이 아니었소."

이어 마속과 왕평, 위연, 고상이 도착했다. 제갈공명은 먼저 왕평을 불러 꾸짖었다.

"나는 너에게 마속과 함께 가정을 지키라 일렀는데, 어찌 일을 이 지경으로 그르쳤단 말이냐?"

왕평이 자초지종을 털어놓았다. 마속이 말을 듣지 않고 오만하게 굴다 대패했다는 사실을 알린 것이다.

그러자 제갈공명이 소리쳤다.

"마속을 당장 대령해라!"

마속은 자기가 살아남기 힘들다는 것을 알고 스스로 몸을 결박한 채 나타났다.

"너는 어려서부터 병서를 많이 읽어 전법에 밝은 자가 아니더냐? 가정은 우리의 근본이 되는 곳이라고 그렇게 주의를 주었건만 왜 왕평의 말을 듣지 않았느냐? 성이 함락되고 땅을 빼앗긴 건 모두 네 잘못이다. 마땅히 군율에 따라 네 죄를 벌할 것이다.”

“패장이 드릴 말씀이 없습니다.”

“군령장도 써 놓은지라 너를 살려 둘 수 없다. 네 가족은 내가 맡아서 챙길 테니 걱정하지 마라.”

마속이 통곡하며 말했다.

“승상께선 저를 자식처럼 여기시고 저 또한 승상을 아비처럼 모셨습니다. 저의 자식들을 챙겨 주신다면 죽어 구천에 가더라도 여한이 없습니다.”

제갈공명이 눈물을 흘렸다.

“그간 형제의 의로 지내 왔으니, 너의 아들은 나의 아들과 다름없다. 걱정하지 마라.”

제갈공명의 명에 따라 마속을 끌어내 목을 베려 할 때였다. 한중에서 참군 장완이 도착했다. 그는 상황을 파악하고 깜짝 놀라 제갈공명에게 달려가 말했다.

“아직 천하가 어지럽습니다. 지모가 빼어난 신하를 살려 주십시오. 아까운 일입니다.”

제갈공명이 눈물을 닦으며 말했다.

“예전에 손무가 천하를 손아귀에 쥔 것은 법을 지켰기 때문이오. 지금 사방에서 전쟁이 일어나는데, 내가 만든 법을 스스로 폐한다면 역도들을 어찌 토벌하겠소? 마속은 죽일 수밖에 없소.”

마침내 군사들이 마속의 머리를 베어 섬돌 아래 바치자 제갈공명이

목 놓아 울었다.[†]

"으흐흐흑, 마속은 어리석은 나 때문에 죽었도다."

"승상께선 어찌하여 그리 우십니까? 군법을 바로잡지 않았습니까?"

제갈공명이 옛일을 생각하며 말했다.

"마속 때문에 우는 것이 아니라오. 선제께서 숨을 거두실 때 분명히 말씀하셨소. 마속은 말이 실제를 넘어서는 자이니 크게 쓰지 말라고. 한데 나는 그것을 생각하지 못했소. 이렇게 어리석어서야……. 너무나 애통하오."

제갈공명의 말에 모든 장수들이 눈물을 흘렸다.

이때 마속의 나이 고작 서른아홉이었다. 제갈공명은 마속의 머리를 영채마다 돌려 군사들에게 보여주었다. 군법을 어기면 어찌 되는지 알린 것이다. 제갈공명은 직접 마속의 제사를 지내 주었고, 그의 가족들에게 다달이 녹봉을 주어 편안히 살게 해주었다.

이윽고 제갈공명은 슬픔을 털어냈다. 그는 자신의 감정으로 일처리를 하는 사람이 아니었다. 늘 이성적인 판단으로 다음을 생각했다. 제갈공명은 다시 표문을 지었다. 전쟁을 일으켰지만 성과를 못 내고 실패한 대가로 승상 자리를 사직한다는 내용이었다. 장완이 성도에 도착해 후주 유선에게 표문을 바쳤다.

신은 보잘것없는 재주로 병권을 잡고 삼군을 통솔했으나 군사들을 가르치지 못하고, 군법을 똑바로 세우지 못하여 결국 큰 실수를 저질렀습니다. 신이 무지몽매하여 사람을 제대로 알아보지 못하고 분별이 부족한 탓입니다. 춘추의 법에 비추어 볼 때 신의 죄가 너무나 크고 벗어날 길이 없습니다. 스스로 벼슬을 세 등급 내려 허물을 책하고자 하오니 신의 과오를 꾸짖어 주십시오. 부끄러움을 이기지 못하여 엎드려 명을 기다리나이다.

유선이 표문을 읽고 말했다.

"이기고 지는 것은 늘 있는 일 아니오? 상보께서 어찌 이런 말씀을 하시는가?"

시중 비의가 아뢰었다.

"나라 다스리는 법을 중히 하려고 솔선수범하는 것입니다. 스스로 벼슬을 깎는 것은 당연한 일이라 생각합니다. 그대로 시행하십시오."

유선은 제갈공명의 벼슬을 우장군으로 내리지만 승상 일은 그대로 맡아 보도록 하라는 조서를 내렸다. 제갈공명은 주위 신하들의 위로도 물리치고 침통해했다. 조서를 가져온 비의가 위로를 건넸다.

"촉의 백성들이 승상께서 네 고을을 빼앗은 것을 무척 기뻐했습니다. 너무 침통해하지 마십시오."

"그게 무슨 쓸데없는 말이오? 얻었다가 다

마속을 베면서 제갈공명은 왜 눈물을 흘렸을까? 먼저 마씨 집안은 유비의 세력화에 크게 기여했어. 인재를 등용하는 유비의 정성에 감동하여 그들이 유비 진영에 가담했잖아. 제갈공명은 그중 똑똑하고 총명한 마속을 잘 갈고 닦아 인재로 쓰려 했어. 그러나 오만함이 지나친 마속을 결국 죽일 수밖에 없어 슬펐던 거지.

두 번째 이유라면 적을 앞에 두고 냉철하게 판단하지 못한 자기 자신이 부끄러웠기 때문이겠지. 고집을 부려 마속을 선발했는데 결과가 좋지 않았어. 따라서 그의 죽음을 자신의 잘못이라 여긴 거야.

세 번째로는 인간적인 슬픔이야. 마씨 집안과 제갈공명은 오래전부터 친하게 지냈어. 그를 죽이는 것은 그의 가족들에게 죄를 짓는 일이기도 해. 그리하여 가족을 책임지겠다는 약속을 하게 되지.

시 뺏기지 않았소? 이건 차라리 얻지 못한 것과 다를 바 없소."

"하지만 강유를 얻지 않았습니까? 황제께서 기뻐하셨습니다."

"군사가 패해 돌아오고 땅도 못 얻었는데, 강유 한 사람 얻은 것이 위나라에 무슨 손실이 되겠소?"

그러자 비의가 물었다.

"아직 십만 명의 용맹한 군사들이 있지 않습니까? 위를 다시 칠 수 있지 않습니까?"

"우리가 기산과 기곡에 주둔했을 때 군사 수가 적보다 많았지만 패했소. 승패는 군사 수가 아니라 장수에게 달린 것 아니겠소? 이제 나는 과거의 잘못을 반성하려 하오. 누구든지 나와 진실로 나라를 걱정한다면 나의 잘못을 언제건 지적해 주시오. 나를 꾸짖어 주시오. 그래야만 바로잡히고, 적을 무찌르고, 공을 이루지 않겠소?"

제갈공명의 말을 들은 모든 장수들과 신하들이 감복했다. 제갈공명은 완벽함의 화신이다. 결점이라곤 눈을 씻고 봐도 없을 듯했다. 하지만 결점이란 인간 자체에 내재해 있다. 제아무리 완벽한 사람이라 할지라도 결점이 없을 수는 없다. 자신의 결점을 깨닫고 고치려고 노력한다면, 그것이 장점을 더욱 빛내고 인격을 함양하게 해준다. 제갈공명 역시 그랬다.

비의가 성도로 돌아간 뒤, 제갈공명은 한중에서 백성들을 사랑하고 군사를 아끼며 군사 훈련에 힘썼다. 군량미와 마초를 비축하고 앞으로 있을 싸움에 대비했다.

정탐꾼을 통해 촉의 정황을 알게 된 조예는 시간을 끌기보다 당장 촉을 격파하려 했다. 그러자 사마의가 말렸다.

"아직은 때가 아닙니다. 날씨가 더워 촉군도 출군하지 않을 것입니다. 우리가 쳐들어간다 한들 적이 요충지를 지키면 깨뜨릴 방법이 없습니다."

"그러다 촉군이 쳐들어오면 어쩌겠소?"

"염려하지 마십시오. 신이 한 사람을 천거하겠습니다. 그에게 진창에 이르는 입구에 성을 쌓고 지키게 하면 실수하지 않을 것입니다."

"그자가 누구인가?"

"태원 출신의 학소라는 자입니다."

조예는 사마의의 천거를 받아들였다. 학소는 키가 구척장신인데 팔이 원숭이처럼 길어 활을 잘 쏘았다. 게다가 지략과 꾀가 있어 능히 제갈공명을 당할 인물이었다. 조예는 학소를 진서장군에 봉하고 진창 어귀를 지키라는 임무를 주었다.

이때 양주 사마인 대도독 조휴가 표문을 올렸다. 동오의 파양 태수 주방이 자신에게 은밀히 사람을 보내 투항하겠다는 뜻을 밝혔는데, 동오를 격파할 일곱 가지 계책을 말하면서 어서 군사를 일으켜 동오를 치자고 했다는 것이다. 조예는 조휴의 표문을 사마의에게 건넸다. 주의 깊게 표문을 읽고 난 사마의가 말했다.

"이건 동오를 격파할 수 있는 지략이라 할 만합니다. 신이 가서 조휴를 돕겠습니다."

그러자 반대하는 자가 있었다. 건위장군 가규였다.

"동오 사람들은 수시로 말을 바꿔 믿을 수 없습니다. 게다가 주방이라는 자는 꾀가 많고 모략을 잘 써서 믿어서는 안 됩니다. 아마 우리를 엮으려는 수작인 듯합니다."

사마의가 말했다.

"그 말도 틀린 말은 아니지만 기회가 좋고 설득력이 있기 때문에 놓칠 수 없소."

조예가 결단을 내리듯 말했다.

"중달이 가규와 함께 가서 조휴를 도와주시오."

명에 따라 조휴는 군사를 거느리고 환성을 치러 가고, 가규는 양성을 취하러 동관으로 향했다. 사마의는 본부군을 거느리고 강릉을 얻기로 작정하고 군사들을 움직였다. 위의 입장에서 촉을 봉쇄하고 오를 치겠다는 전략이었다.

2 두 번째 출사표

사실 주방의 계책은 속임수였다. 동오는 위를 상대로 덫을 놓기로 작정하고 미끼를 던진 셈이다.

"양주 도독 조휴가 군사를 일으키려는 뜻이 있어 주방이 일곱 가지 계책을 알려 주었다 하오. 계교에 넘어가 우리 땅 깊숙이 들어온다면 사로잡을 작정인데, 그들이 이미 세 갈래 길로 오고 있다는구려. 좋은 의견이 있으면 기탄없이 말해 보시오."

손권이 신하들에게 묻자, 고옹을 비롯한 신하들이 이구동성으로 말했다.

손권

손견은 아들 손권이 풍모가 뛰어나 고귀한 인물이 될 거라고 했어. 그에 부응하듯 손권은 형인 손책이 강동에서 궐기했을 때 그를 따라 다니다 기회를 잡았지. 명랑한 성격에 그릇이 컸던 손권은 손책과 여러 가지 일을 자주 상의했는데, 손책이 그의 의견을 높이 평가했어. 그래서인지 손책 자신도 그에게 못 미친다고 말하곤 했지. 손권은 손책이 죽는 바람에 열아홉 살에 동오의 수장이 되었지만 훌륭하게 자신의 역할을 해낸 영웅이야.

"육손만이 이 일을 감당할 수 있습니다."

손권은 육손을 불러 오국대장군 평북도원수로 삼은 뒤 어림대군을 통솔하여 왕의 일을 대신 행하도록 했다.

"엄명을 기필코 수행하겠습니다!"

육손이 고마움을 전하면서 두 사람을 천거했다. 분위장군 주환과 수남장군 전종이었다.

"이들을 윤허해 주시옵소서!"

"그대가 원하는 사람이니 그대로 하시오."

손권이 토를 달 일이 아니었다. 곧바로 주환을 좌도독, 전종을 우도독으로 명했다. 비로소 육손이 군사 칠십만 명을 이끌고 위군을 맞으러 나아갔다. 주환이 육손에게 말했다.

"지금이야말로 좋은 기회입니다. 조휴라는 자는 왕실의 친족일 뿐 지혜와 용맹이 턱없이 부족합니다. 이참에 반드시 사로잡아야 합니다."

"좋은 계략이 있으면 말해 보시오."

"원수께서 저들을 치시면 보잘것없는 조휴는 분명히 패합니다. 패한 뒤가 문제인데, 저들은 두 갈래 길로 도망갈 것입니다. 협석과 괘거의 길이지요. 둘 다 좁고 험준한 산길이라 우리에게 유리합니다. 산골짜기에 매복해 있다가 길을 끊으면 조휴를 산 채로 잡을 수 있습니다."

"조휴를 사로잡는다면 우리에게 좋은 기회가 올 것이오."

육손은 흐뭇한 얼굴이 되었다.

"맞습니다. 조휴를 사로잡으면 여세를 몰아 수춘을 얻을 수도 있고, 나아가 허도와 낙양까지 엿볼 수 있습니다. 이는 하늘이 내린 천재일우의 기회입니다."

주환의 말을 곰곰이 생각하던 육손이 마음이 변했는지 문득 고개를 저었다.

"그 계책도 좋긴 하나 썩 좋은 계책은 아닌 듯하오. 내게 묘책이 있으니 그대는 걱정 말고 물러가시오."

육손이 자신의 계책을 받아들이지 않자 주환은 불만스레 물러났다. 육손은 제갈근에게 강릉을 지켜 사마의와 대적하게 하고, 출전 채비를 갖춰 나갔다. 이때 조휴가 군사들을 이끌고 환성에 도착했다. 주방이 그의 장막을 찾아가 맞이했다.

"먼 길 오시느라 노고 많으셨소이다."

"오, 참으로 반갑소. 그대가 보낸 밀서는 하나같이 이치에 맞는 말이었소. 우리 위 조정에서도 지극히 합당하다 하여 이렇게 군사를 이끌고 왔소이다."

조휴의 말에 주방이 웃음을 띠었다.

"소장의 가슴이 벅차오릅니다."

"내가 강동을 얻는다면 그건 모두 그대 공이오."

"하하, 감사한 말씀입니다!"

"그대의 말을 믿기 어렵다고 염려하는 자도 많았소. 하지만 그대가 나를 속이지는 않으리라 믿소이다."

그 말을 듣고 주방이 갑자기 통곡했다.

"으흐흐흑흑!"

그는 옆에 있던 수하의 칼을 뽑아 자신의 목을 찌르려 했다.

"무슨 짓이오! 멈추시오!"

조휴와 주위 사람들이 놀라서 만류하자 주방이 억울하다는 표정으로 울부짖었다.

"내가 비록 일곱 가지 계책을 알려 주었지만 속마음을 까뒤집어 보일 수 없어 한스럽소. 그런 의심을 했다는 것은 동오 사람들이 반간계를 썼기 때문일 것이오. 장군께서 그 말을 믿는다면 나는 차라리 여기서 혀를 물고 죽는 편이 낫소. 나의 충성스러운 마음은 하늘만이 알 것이오."

조휴가 황급히 말렸다.

"알겠소, 알겠소. 그대의 마음을 내가 잠시 떠보았을 뿐이오."

"아닙니다. 마땅히 나의 결백을 보여주어야만 합니다."

분을 못 삭인 주방은 들고 있던 칼로 자신의 머리를 싹둑 잘랐다.† 주위에 있던 사람들이 모두 놀랐다.

"나의 충심은 이러합니다. 부모에게 받은 머리카락이라도 베어 보여드려야 믿으시겠습니까?"

그 모습을 본 조휴는 주방을 확실히 믿기로

여기서 잠깐!!

신체발부수지부모(身體髮膚受之父母)라는 말이 있어. 공자님 말씀이지. "무릇 효란 덕의 근본이요, 가르침이 여기에서 비롯된다. 사람의 신체와 터럭과 살갗은 부모에게서 받은 것이니, 이것을 훼손하지 않는 것이 효의 시작이다. 몸을 세워 도를 행하고 후세에 이름을 날림으로써 부모를 드러내는 것이 효의 마지막이다."
이렇게 말했기 때문에 중국에서는 효를 다 받아들였어. 다시 말해 머리털을 자른다는 것은 목숨을 바친 거나 마찬가지 의미였지.

마음을 굳혔다.

"자, 답답한 마음은 푸시오. 내가 지나쳤소."

조휴가 기쁜 마음으로 술자리를 마련했다. 주방은 서먹한 감정을 풀고 나서 물러갔다.

그때 느닷없이 건위장군 가규가 찾아왔다.

조휴가 물었다.

"그대는 무슨 일로 찾아왔는가?"

"수상한 낌새가 있어서 아룁니다. 동오의 군사들이 환성에 주둔하고 있는 듯하니 가벼이 움직이지 마십시오. 제가 군사를 끌고 와 협공을 하겠습니다. 그때 함께 공격하면 적을 격파할 수 있습니다."

가규의 말은 승리를 독차지하려는 조휴에게 공을 나누자는 얘기나 마찬가지로 들렸다.

"그게 무슨 말이오? 내가 공을 세울까 두려운 것이오?"

"아닙니다. 주방이 머리털을 잘라 맹세했다는 얘기를 들었습니다."

"그 이야기를 들었다면 그의 진심도 알 것 아니오?"

"그렇지 않습니다. 그건 속임수입니다. 그런 행동은 믿을 것이 못 됩니다. 진정으로 자기가 억울하다면 목을 찌를 것이지, 왜 머리털을 벤단 말입니까?"

조휴는 화가 치밀었다.

"내가 곧 군사를 일으켜 전장에 나가려는 마당에 그대는 왜 그런 말로 나를 어지럽히려 드는가?"

"저는 제 생각을 말씀드렸을 따름입니다. 만사는 의심을 해보셔야 합니다."

"이렇게 분열을 일으키는 네놈을 죽여야 후환이 없겠다."

조휴가 길길이 날뛰며 가규를 죽이려 하자 주변 수하들이 만류했다.

"이들이 말리니 죽이지는 않겠다. 대신 너의 병권을 박탈한다! 내 직접 적을 물리칠 것이다!"

조휴는 가규와 그의 군사들을 영채에 남겨 둔 채 자신이 직접 군사를 이끌고 동관을 취하러 떠났다. 주방은 가규가 병권을 빼앗겨 묶여 있다는 말을 듣고 승전고를 울리듯 기뻐했다.

'아, 큰일 날 뻔하지 않았는가! 어리석은 조휴가 가규의 말을 따르지 않아 천만다행이다.'

이 모든 사실은 육손에게 은밀히 보고되었다. 육손은 군사들을 석정의 산길에 매복하도록 내보낸 뒤 영채를 치고 기다렸다. 조휴가 마침내 석정에 도달해 정탐하는데, 산 어귀에 오군이 진을 쳤으나 군사 수가 적다는 말을 듣고 놀랐다.

"주방 말로는 군사가 없다고 했는데 어찌하여 군사가 있단 말이냐? 당장 주방을 불러와라!"

그러나 작전은 이미 시작되었다. 주방이 조휴의 밑에 있을 까닭이 없었다.

"주방이 보이지 않습니다."

"뭐라고?"

주방이 사라졌다는 말을 듣고 조휴는 아차 싶었다. 자신이 계책에 빠졌다는 생각이 강하게 들었다.

"내가 이자에게 속았구나. 하지만 이왕지사라고 했다. 이렇게 되긴 했지만 승리하면 그만이다."

조휴는 승전으로 결과를 뒤집겠다는 오만함으로 군사들을 이끌고 앞으로 나아갔다. 마침내 위군과 오군이 진을 치고 대치했다. 위군 진영에서 장보가 달려 나갔고, 동오 진영에서 서성이 나왔다. 두 장수가 몇 합 맞붙는가 싶었는데 장보가 서성을 당하지 못하고 영채로 돌아왔다.

장보가 조휴에게 알렸다.

"제 힘으로는 서성의 무예를 당할 재간이 없습니다."

"그토록 강하단 말이냐?"

실망한 조휴가 대책을 마련했다.

"어두워지면 기습하도록 하자."

조휴의 계책에 따라 날이 어두워지기를 기다려 장보가 이만 명의 군사를 끌고 석정 남쪽으로 나가 매복했다. 싸움을 건 뒤 거짓으로 패해 도망치는 척하다가 기습하려는 작전이었다.

그러나 상대는 그런 허술한 작전을 모를 리 없는 육손이었다. 육손은 주환과 전종에게 명령을 내렸다.

"그대들은 삼만 군사를 이끌고 석정 산길로 돌아가 조휴의 영채 뒤에서 불을 질러라. 그러면 그 신호를 받고 내가 대군을 이끌고 진격하겠다. 오늘 밤 반드시 조휴를 사로잡을 것이다."

그날 밤 주환과 전종은 군사를 거느리고 나아갔다. 이경이 되었을 때쯤 주환이 군사들을 이끌고 위군의 영채 뒤쪽으로 가다가 장보와 마주쳤다. 장보는 그들이 오군인 줄도 모르고 물었다.

"그대들은 어디에서 왔는가?"

"우리는 동오 군사들이다!"

장보는 벼락같이 내리친 주환의 칼에 목이 달아났다. 화들짝 놀란 위군이 흩어지자 주환은 불을 지르게 했다.

그 시각, 전종은 위군의 영채 뒤쪽에 이르러 위나라 장수 설교의 영채를 짓밟고 들어갔다. 설교는 전종에게 패해 도망치고 본채를 향해 달려갔다. 순간 조휴의 진지는 혼란에 빠져들었다. 뒤쪽에서 군사들이 달려오자 서로 적군인 줄 알고 어둠 속에서 죽기 살기로 충돌했다.

"후퇴하라!"

조휴는 깜짝 놀라 말을 타고 협석을 향해 도망쳤다. 서성의 군사들이 쫓아와 닥치는 대로 창칼을 휘둘렀다. 그 바람에 위군이 얼마나 죽었는지 그 수를 헤아릴 수조차 없었다.

조휴는 앞만 보고 말을 달려 도망치다가 또 다른 한 떼의 군사를 만났다. 이제 죽었구나 싶었는데 다행히도 가규의 군사였다. 가규가 도와주러 온 것을 알고 조휴가 후회의 눈물을 뿌렸다.

"그대의 말을 안 들어 참패했도다. 이 부끄러움을 어찌할꼬?"

"도독, 이러고 계실 시간이 없습니다. 어서 피신하십시오. 동오군이 나무와 돌로 만든 길을 끊기 전에 여기서 빠져나가야 합니다. 한시가 급합니다."

"알았네!"

"제가 뒤를 막겠습니다."

조휴가 도망치고 가규가 뒤를 살피며 따랐다. 그러면서 깃발을 여기

저기 꽂아 숲속에 복병이 있는 것처럼 꾸몄다.

"복병을 숨긴 것 같다!"

쫓아오던 서성은 깃발이 나부끼자 섣불리 덤비지 못하고 군사를 거두어 돌아갔다. 이로써 조휴를 사로잡으려던 육손의 계획은 실패했다. 사마의는 조휴가 패했다는 소식을 듣고 중도에 미련 없이 군사를 돌이켜 돌아갔다.

육손은 대승을 거두었다. 주환과 전종이 수많은 수레와 말과 전리품을 끌고 왔다. 항복한 위병도 수만 명이나 되었다. 오주 손권은 대승을 거두고 돌아온 장수들의 벼슬을 올려 주고, 상을 푸짐하게 나눠 주었다. 그리고 주방을 불러 특별히 위로했다.

"그대가 머리칼까지 자르면서 대사를 이루었소. 그 이름이 역사에 길이 남을 것이오."

큰 잔치가 끝나자 육손이 손권에게 말했다.

"주공, 이번 패배로 위군은 간담이 서늘하여 기가 죽었을 것입니다. 다음 단계에 돌입하시지요."

"무슨 말인가?"

"어서 사자를 서천으로 보내십시오. 제갈량에게 군사를 일으키도록 하는 것이 좋습니다."

오군에게 무수히 얻어맞은 위군에게 제갈공명이 결정타를 날리기를 바라며 육손이 지략을 쓴 것이다. 그 배경에는 촉과 위가 싸워 지칠 무렵 동오가 중원을 차지하겠다는 속내가 숨어 있었다. 때는 건흥 6년(228) 9월이었다.

"아아, 어리석고 어리석도다!"

조휴는 낙양으로 돌아와서도 분한 마음을 삭이지 못하고 시름시름 앓다 결국 등창이 나서 죽고 말았다. 위 황제 조예가 성대하게 장례를 치러 주었다. 뒤늦게 사마의가 군사를 이끌고 돌아오자 장수들이 그를 영접하면서 물었다.

"장군께서는 어찌하여 도중에 급히 돌아오셨습니까? 조 도독이 패배했으면 장군께서 싸워 복수해야 할 것 아닙니까?"

"그렇지 않소. 우리가 패한 것을 알면 제갈량이 반드시 그 틈을 노릴 것이오. 그렇게 해서 농서 일대가 위급해진다면 누가 막겠소? 그런 까닭에 급히 돌아온 것이오."

사마의는 제갈량이 어떻게 움직일지 알고 있었다. 이를 알 리 없는 장수들은 뒤에서 수군거렸다.

"사마의도 겁이 난 것이야."

"맞아. 장군이라고 별수 있었겠나?"

"말로만 떠벌렸지, 동오의 위세를 꺾을 자신이 없었던 거지."

위군 장수들이 이처럼 의기소침해 있을 때 동오의 사신이 서신을 들고 촉으로 달려갔다. 기세 좋게 위나라를 쳐서 대승을 거둔 사실을 알리고, 군사를 일으켜 위를 치도록 요청하기 위해서였다.

황제 유선은 서신을 곧장 제갈공명에게 전하도록 했다.

한중에 머물던 제갈공명은 병사들을 조련하여 군이 강성해졌고, 군량과 마초도 풍성해 창고에 잔뜩 쌓였다. 이제나저제나 출정할 날만 기다리던 제갈공명은 동오에서 서신이 오자 무척 기뻐했다.

"원수를 갚을 날이 다가왔다. 군사들은 혼신의 힘을 다해 싸울 준비를 하라!"

제갈공명이 휘하 장수들과 출정을 의논할 때 갑자기 동북쪽에서 큰 바람이 불어 뜰에 있던 소나무가 쓰러졌다. 장수들이 술렁거렸고, 제갈공명 또한 심상치 않게 여겨 점괘를 뽑았다.

"아, 장수가 죽을 괘로다."

"전쟁도 없는데 어찌 장수가 죽는다 하십니까?"

장수들이 제갈공명의 말에 반신반의하는데 느닷없이 진남장군 조자룡의 맏아들 조통과 둘째 아들 조광이 찾아왔다. 그들이 왔다는 전갈을 받자마자 제갈공명은 알았다.

"아흐, 자룡이 죽었구나! 으흐흐흑!"

곧바로 조자룡의 두 아들이 들어와 절을 하고 나서 알렸다.

"아버님께서 지난밤에……. 흑흑흑!"

지난밤 병세가 악화되어 끝내 회복하지 못하고 조자룡이 세상을 떠난 것이다. 제갈공명이 목을 놓아 통곡했다.

"나라의 대들보가 무너졌구나. 내 팔이 떨어져 나갔도다, 으흐흐흐!"

그 소식에 울지 않는 장수가 없었다.

"그대들은 황제께 이 소식을 알려라."

조자룡의 두 아들은 제갈공명의 명을 받아 성도로 달려갔다. 소식을 전하자 후주 유선 역시 목 놓아 통곡했다.

"으흑흑, 조 장군이 아니었다면 짐은 벌써 이 세상 사람이 아니다. 어렸을 적 전쟁터에서 꼼짝없이 죽을 목숨을 조 장군이 살려 주었는데, 이

46

제 그가 죽다니……."

조자룡은 유선에게 생명의 은인이었다. 유선은 조서를 내려 조자룡을 대장군으로 올리고 승평후라는 시호를 내렸다. 후세 사람들은 조자룡의 명성과 주인을 두 번이나 구한 공을 높이 칭송했다.

마침내 제갈공명은 두 번째 출사표†를 보냈다. 후주 유선이 표문을 책상에 펼쳤다.

선제께서는 한나라와 역적이 같은 하늘 아래 있을 수 없고, 왕업은 천하의 한곳에 안주할 수 없다고 하셨습니다. 그리하여 신에게 적을 토벌하라 명하셨습니다. 선제께서 밝으신 덕으로 저의 재주를 헤아리실 적에 신의 재주가 약하고 역적은 강함을 이미 알고 계셨습니다. 하지만 역적을 치지 않는다면 왕업도 망할 것 아니겠습니까? 앞서서 망할 때를 기다릴 것이 아니라 적극적으로 쳐야 하옵니다. 신은 그러한 부탁을 받은 뒤 편히 잠자리에 들 수가 없었으며, 음식을 먹어도 맛을 알 수 없었습니다. 지난 오월에 노수를 건너 불모지에 가서 고생한 것도 왕업을 생각하여 서측에서 편안히 지내서는 천하를 통일할 수 없다고 여

여기서 잠깐!!

제갈공명은 총 여섯 번의 북벌을 단행해. 그 사이 수없이 많은 전투를 치렀는데, 그중 위연과 강유가 총 5회로 가장 많은 참전 횟수를 기록하지. 그 밖에 북벌에 참여한 장수로는 등지(2회), 진식(2회), 왕평(4회), 조자룡(1회) 등이 있어. 이와 관련하여 '육출기산 구벌중원(六出祁山 九伐中源)'이란 말도 생겼어. 기산에 여섯 번 나가고, 중원을 아홉 번 아우른다는 뜻이야. 제갈공명과 강유가 북벌을 각각 여섯 번, 아홉 번 시도한 것을 뜻해.

겄기 때문입니다. 지금은 역적들이 저로 인해 서쪽에서 고통을 받았고, 동쪽에서 오군과 싸워 힘이 빠졌습니다. 병법에 이르기를 적이 힘들고 어려울 때 공격하라 했으니, 지금이야말로 나아가야 할 때라 생각하옵니다.

백성은 궁하고 군사들은 지쳤지만 대사를 그만둘 수는 없습니다. 그만둘 수 없다면 지키고 있으나 나아가 싸우나 노고와 비용은 같이 듭니다. 속히 도모하지 않고 한 주의 땅에만 머물러 있다면 신이 이해 못 할 일입니다. 천하의 일은 단정하기 어렵습니다. 이제 신은 몸을 바치고 정성을 다해 나라를 위해 죽을 때까지 일할 것이옵니다. 일의 성패와 이해는 신의 소견으로는 예견할 수 없습니다.

후주는 출사표를 읽고 기뻐하며 곧장 출사를 허락했다. 제갈공명은 위연을 선봉으로 삼아 삼십만 대군을 일으켜 진창 어귀를 향해 출발했다. 이런 소식은 곧바로 낙양에 전해졌다. 위주 조예가 문무백관을 모아 놓고 대책을 강구했다.

대장군 조진이 나서서 아뢰었다.

"청컨대 신에게 대군을 주십시오. 당장 제갈량을 잡아 바치겠습니다. 게다가 저는 새로운 장수를 하나 얻었습니다. 육십 근짜리 칼을 쓰며 철태궁(쇠로 만든 활)을 마음대로 다루는 자입니다. 유성추를 몸에 숨기고 다니는데 던지기만 하면 백발백중입니다. 혼자서 너끈히 만 명의 대군을 당할 용장입니다."

"그자의 이름이 무엇인가?"

"능서 적도 사람으로 왕쌍입니다. 그자를 선봉에 세우겠습니다."

48

"당장 불러들이게."

왕쌍은 키가 구척이나 되는 장신에 얼굴은 검고 곰의 허리에 호랑이 등을 가지고 있었다. 왕쌍을 본 조예가 기뻐하며 말했다.

"이런 대장을 얻었으니 무엇이 걱정이란 말인가?"

조예는 조진을 대도독에 봉하고 군사 십오만 명을 내주었다. 조진은 곽회, 장합의 군사들과 합쳐 길을 나누어 지키기로 했다.

이때 진창에 먼저 도착한 촉군의 정탐병이 제갈공명에게 적진의 동태를 파악하여 보고했다.

"승상, 학소라는 자가 진창 어귀에 성을 쌓고 해자를 깊이 팠습니다. 이 성은 놔두고 태백령을 넘어 샛길로 해서 기산으로 나아가는 것이 좋겠습니다."

"진창의 북쪽이 바로 가정인데, 이 성을 얻지 않고서는 군사가 나아갈 수 없다."

제갈공명은 곧장 위연에게 나아가 성을 치라고 명했다.

"명을 받들겠습니다!"

공을 세우기 좋아하는 위연이 성 아래까지 진격해 곧바로 공격을 퍼부었다. 하지만 사방에서 몇 날 며칠 동안 공격했는데도 성이 끄떡하지 않았다. 위연은 어쩔 수 없이 군사를 거두어 돌아왔다.

"승상, 성을 함락시킬 수가 없습니다."

제갈공명이 크게 노했다.

"그대는 선봉에 서서 싸운 게 몇 차례인데 성 하나를 굴복시키지 못한단 말인가?"

그때 한 사람이 앞으로 나서며 새로운 제안을 했다.

"승상, 제가 몇 년간 승상을 따랐지만 공다운 공을 못 세워 부끄러웠습니다. 재주는 없지만 진창성에 가서 학소를 달래 항복을 받아 오겠습니다."

부대의 하부 단위에 있는 근상이었다.

"그대가 무슨 수로 학소를 회유하겠다는 것인가?"

"저와 학소는 고향이 같아 옛날부터 친구였습니다. 제가 가서 이해득실을 따져 설명하면 분명히 설득될 것입니다."

"시도해 보는 게 손해될 일은 없을 듯하다."

제갈공명의 허락을 받은 근상이 말을 타고 진창성 아래로 가서 학소를 불렀다. 그러자 성루에서 학소가 아래를 내려다보았다.

"날세, 근상! 자네에게 할 말이 있어 왔네."

학소가 성문을 열어 근상을 맞았다.

"그대가 어쩐 일로 나를 찾아왔는가?"

"나는 서촉의 제갈공명 휘하에서 대접받으며 잘 지내고 있다네. 내가 이렇게 찾아온 것은……."

학소가 얼굴빛을 바꾸며 말했다.

"제갈량이라면 나의 원수일세!"

"그건 나도 아네. 하지만 생각을 바꿔 보라고 내가 온 걸세."

"나는 위를 섬기고 그대는 촉을 섬기니 원수인 셈일세."

"그렇다고 우리가 얘기도 나누지 못할 사이는 아니지 않은가?"

"당장 성에서 나가게!"

근상은 말도 제대로 못 하고 쫓겨났다.

"친구여, 어찌하여 이렇게 박정하게 사람을 몰아내는가?"

학소가 냉정하게 꾸짖었다.

"나는 오로지 나라를 위해 죽을 뿐이네. 그대는 가서 제갈량에게 성을 공격하라 이르게. 나는 두려울 것이 없네!"

근상이 진지로 돌아와 제갈공명에게 보고했다.

"학소가 도무지 제 말을 들으려 하지 않았습니다."

무슨 생각에서인지 제갈공명이 이렇게 말했다.

"한 번 더 가서 설복해 보시오. 친구를 살려야 하지 않겠소?"

근상은 긴가민가하면서도 다시 진창성 앞에 가서 외쳤다.

"친구여, 내 충고를 듣게. 이런 작은 성에서 어찌 수십만 대군을 막는단 말인가? 어서 항복하게. 그대의 방어는 한을 지키는 것이 아니라 역적의 나라를 섬기는 것이 아닌가? 어찌하여 천명을 모른단 말인가?"

간곡히 타이르는 진심 어린 설득이었다.

그렇지만 학소는 활까지 겨누며 호되게 말했다.

"나는 이미 할 말 다 했다. 돌아가지 않으면 쏘겠다!"

결국 근상은 물러날 수밖에 없었다.

근상에게 상황을 전해 들은 제갈공명은 화가 났다.

"참으로 무례하기 짝이 없는 놈이로구나! 성을 공격할 기구가 없겠거니 생각하는 모양이다."

성안에 있는 군사가 고작 삼천여 명밖에 안 된다는 사실을 알고 제갈공명이 운제(성을 공격할 때 성에 오르도록 만든 사다리. 십여 명의 군사가 올라탈 수 있었다.) 백 대를 출동시켰다. 촉의 군사들이 북을 치며 성을 기어오르기 시작했다. 그러자 위군들이 불화살을 쏘아 댔다.

성안에 별다른 방비가 없을 줄 알았던 군사들은 당황했다.

"적의 저항이 만만치 않습니다!"

제갈공명 또한 당황했다. 불화살이 쏟아지자 운제가 불길에 휩싸였다. 운제에 올라탄 군사들은 불에 타 죽고 말았다.

"후퇴하라!"

돌과 화살이 빗발치듯 쏟아지자 촉군은 제대로 공격도 못 하고 퇴각했다. 예상치 못한 결과에 제갈공명은 작전을 달리했다.

"좋다. 그렇다면 충거를 쓰리라!"

충거는 철판을 씌운 전투용 수레였다. 아무리 불화살을 쏴도 끄떡없는 무기였다. 충거를 배치한 촉군은 다음 날 북을 치고 함성을 지르며 성을 공략했다.

그러자 학소는 큰 돌을 칡으로 꼰 밧줄에 꿰어 충거를 향해 날렸다. 충거가 돌덩이에 맞아 박살나고 말았다.

"안 되겠다. 이번에는 해자를 메워라!"

제갈공명의 명령에 군사들은 흙을 퍼 날라 해자를 메우기 시작했다. 그 모습을 본 학소가 이번에는 성안에 방어용 해자를 팠다. 그리고 뚫고 들어오는 모든 땅굴을 막아 버렸다. 이렇게 이십여 일 넘게 수단을 달리해 성을 공격했지만 성은 끄떡하지 않았다. 제갈공명은 근심에 빠졌다. 생각지도 못한 난관이었다.

"이런 작은 성 하나를 함락시킬 수 없다니……."

게다가 위에서 보낸 구원병까지 동쪽에서 다가왔다. 선두에 왕쌍의 깃발이 휘날린다는 보고가 들어왔다.

위연이 나가 싸우겠다고 하자 제갈공명이 말렸다.

"그대는 선봉장이니 경솔하게 싸울 수 없소."

비장 사웅이 나섰다.

"제가 가겠습니다!"

제갈공명이 삼천 명의 군사를 주어 내보내고 나서 장수들을 돌아보았다.

"불안한데 누가 또 나가 싸울 것인가?"

비장 공기가 나섰다.

"저에게 기회를 주십시오."

제갈공명은 공기에게도 삼천 명의 군사를 주어 내보냈다. 하지만 왕쌍의 무예는 사웅이나 공기 같은 비장들로 막을 수 있는 수준이 아니었다. 사웅은 왕쌍을 만나 삼 합 만에 패해 죽었다. 촉군은 뿔뿔이 흩어져 달아났다. 촉군을 추격하던 왕쌍은 뒤따라오던 공기도 삼 합 만에 베어 죽였다. 패한 군사들이 후퇴하여 그런 사실을 알렸다. 제갈공명은 크게 놀랐다.

"그토록 강한 장수가 위에 있단 말인가?"

제갈공명은 요화와 왕평, 장의에게 왕쌍을 막으라는 명령을 내렸다.

드디어 양군이 맞닥뜨려 진을 치고 대치했다. 첫 싸움에 나간 장수는 장의였다. 왕쌍과 장의의 싸움은 몇 합을 겨루어도 승부가 나지 않았다. 그때 왕쌍이 짐짓 도망치는 척하자 장의가 재빨리 뒤쫓았다. 그 광경을 지켜보던 왕평이 너무 깊숙이 들어가는 것 같아 소리를 질렀다.

"장군, 너무 깊이 추격하지 마시오!"

그 말에 장의가 문득 간계가 있을지도 모른다는 생각이 들어 말머리를 돌렸다. 그 순간 왕쌍이 던진 유성추가 비수처럼 장의의 등에 와서 꽂혔다.

"윽!"

유성추를 맞은 장의가 중심을 잃었다가 겨우 말안장에 매달려 도망쳤다. 왕평과 요화가 쫓아오는 왕쌍을 막은 덕분에 장의는 간신히 진지로 돌아올 수 있었다.

"승상, 왕쌍은 도저히 당할 수 없을 만큼 용맹합니다. 진창성 밖에 세운 영채도 방비가 철통같습니다."

군사들의 사기가 떨어진 것을 알고 제갈공명이 강유를 불러 대책을 물었다.

"진창을 뚫고 나가기가 힘들 것 같다. 그대에게 좋은 방책이 있는가?"

"진창성은 무척 견고합니다. 게다가 안에서는 학소가 지키고 왕쌍이 밖에서 돕고 있습니다. 이렇게 된 바에는 실리적으로 움직이는 것이 낫습니다."

"어찌하면 되겠는가?"

"한 장수에게 산을 의지하고 물가에 영채를 세우라 하여 그곳을 지키게 하십시오. 그리고 또 다른 장수가 중요한 길목을 지켜 쳐들어오는 적을 막도록 하시지요. 그런 다음 대군을 거느리고 기산을 습격하십시오. 제가 계책을 알려 드리겠습니다. 그렇게 하면 분명히 진창을 우리 손에 넣을 수 있습니다."

제갈공명이 강유의 계책을 따르기로 했다. 이 무렵 제갈공명의 총기가 서서히 떨어지고 있었다. 과거의 그는 하나부터 열까지 모든 것을 알아서 했지만 이제 다른 사람의 의견도 귀 기울여 듣는 사람이 되었다. 한편으로 더 높은 경지에 나간 것이기도 했다.

제갈공명은 왕평과 이회에게 가정으로 가는 길을 지키게 하고, 위연에게 진창 어귀를 방어토록 했다. 그러고 나서 대군을 이끌고 야곡으로 빠져나가 기산을 향해 군사들을 움직였다.

한편, 조진은 지난번 전투에서 사마의에게 공을 빼앗긴 일이 내내 분했다. 그런데 왕쌍이 공을 세웠다는 전갈을 받자 무척 기뻤다. 그때 정탐꾼을 붙잡았다는 소식이 들어왔다. 조진이 장막 앞에 꿇어 엎드리게 하자 그가 말했다.

"소인은 정말 정탐꾼이 아닙니다. 긴밀하게 전할 기밀이 있어서 왔을 뿐입니다."

조진이 결박을 풀어 준 뒤 주위 사람들을 내보냈다. 그제야 붙잡혀 온 사람이 조심스럽게 말했다.

"소인은 강유의 심복 부하입니다."

"강유는 우리를 배신하고 제갈공명에게 귀순한 자가 아니더냐?"

"그렇지 않습니다. 제가 밀서를 가져왔습니다."

그는 서신 한 통을 조진에게 내밀었다.

죄인 강유는 백배하며 대도독께 이 서신을 올립니다. 대대로 위나라의 녹을 먹은 저인데 은혜를 입고도 보답하지 못하던 차에 제갈공명의 계책에 빠져 함정에서 헤어날 수가 없었습니다.

　　그렇지만 모국을 생각하는 마음은 하루도 변치 않았습니다. 지금 촉군이 서쪽으로 진군하고 있고, 제갈량도 이제는 저를 의심하지 않습니다. 도독께서 직접 대군을 거느리고 오시다가 적을 만나면 거짓으로 패한 척하십시오. 그러면 제가 뒤에 있다가 불을 올려 신호를 하겠습니다. 촉군의 군량과 건초를 모두 불태운 다음 촉군의 뒤를 엄습한다면 제갈공명은 빠져나갈 길이 없을 것입니다.

　　이것은 제가 공을 세우려 함이 아닙니다. 지난날의 잘못을 씻고자 함이니, 부디 살펴서 속히 명을 내려 주십시오.

"으하하하!"

조진이 편지를 읽고 크게 기뻐했다.

"하늘이 공을 세우라고 돕는구나."

조진은 곧장 날짜를 정해 호응하기로 하는 답신을 써서 주었다. 그리고 비요를 불러 강유의 밀서를 두고 의논했다.

"강유가 내게 밀서를 보내왔다. 그대는 어찌 생각하는가?"

비요는 의심부터 했다.

"제갈공명은 꾀가 많고 강유 또한 지략이 뛰어납니다. 이것이 그들의 계책이 아니라는 보장이 없습니다."

"하지만 강유는 위나라 사람 아닌가? 어쩔 수 없이 촉에 항복했으니 의심할 필요가 없다."

"그렇지 않습니다. 한번 항복했으니 진의를 알기 어렵습니다."

"이렇게 진심 어린 서신을 보내지 않았느냐?"

"이 모든 게 사실이라 하더라도 경솔히 움직이지 마십시오."

"그럼 어쩌란 말인가?"

"제가 군사를 거느리고 나가 강유와 호응할 테니 도독께선 본채를 지키십시오. 성공한다면 그 공은 모두 도독께 돌리겠습니다."

"실패한다면 어찌하겠느냐?"

"실패한다면 이 한 몸 죽으면 그만입니다."

조진은 나쁘지 않다는 생각에 비요에게 오만 명의 군사를 내주고 야곡으로 보냈다. 비요는 사람을 보내 정탐하며 군사를 이끌고 나아갔다. 그때 정탐꾼이 돌아와 보고했다.

"야곡에서 촉군이 쳐들어오고 있습니다!"

"어서 서둘러 촉군을 쳐라!"

비요가 군사를 몰고 나가자 촉군은 위군 모습만 보고도 도망쳤다. 비요가 그들의 뒤를 추격해 다시 싸움을 걸자 촉군은 싸우다 도망치고, 싸우다 도망치기를 반복했다. 쫓다가 지친 위군은 잠시 밥을 해 먹으며 휴식을 취했다. 그 순간 갑자기 사면에서 함성이 일며 여러 무리의 군사들이 모습을 드러냈다. 사방이 촉군으로 둘러싸인 것이다.

그때 사륜거가 나타나 다가왔다. 그 위에 제갈공명이 앉아 있었다. 비요가 말을 몰고 나가 대화를 나누었다.

"어제까지 패장이던 자가 왜 나를 만나자는 것이냐?"

제갈공명이 비웃으며 말했다.

"더 할 말은 없다. 조진을 불러와라!"

"으하하하, 조 도독은 금지옥엽이시다! 너 따위를 만날 일이 없다!"

"네 이놈, 네놈의 말에 책임을 져야 할 것이다!"

제갈공명이 깃털 부채를 들어올렸다. 그것이 신호가 되어 오른쪽에서 장익의 군사들이 달려 나왔다. 왼쪽에서 마대의 군사들이 치고 들어왔다. 이를 보고 위군은 삼십 리를 물러났다. 그때 촉군 배후에서 치솟는 불길이 보였다.

"옳거니! 저것이야말로 강유의 신호다. 군사들이여, 돌진하라!"

적진을 향해 위군이 한꺼번에 달려들자 촉군은 당황해 흩어졌다. 비요가 앞장서서 촉군을 쫓아 함성이 들리는 곳으로 달려갔다. 그러나 그것은 함정이었다. 산 위에서 화살이 비 오듯 쏟아지며 좌우에서 관흥과 장포가 우레처럼 치고 내려왔다. 위군 진영이 순식간에 풍비박산이 났다. 그제야 비요는 적의 계책에 걸렸음을 알았다.

"후퇴하라!"

그러나 위군은 지칠 대로 지쳤다. 적에 맞서 싸우기는커녕 제 목숨을 건사하려고 사방으로 흩어져 도망쳤다. 비요 역시 간신히 목숨을 건져 산기슭으로 내달렸다. 그때 강유가 앞길을 가로막았다.

비요가 크게 꾸짖었다.

"반역한 놈은 신의가 없다는 것을 예전부터 알고 있었다. 그런데도 네놈의 간계에 빠졌구나."

"하하하, 나의 꾀는 조진을 사로잡으려는 것이었는데 네놈 따위 졸개가 걸렸구나. 어서 항복하라!"

"내 목이 필요하면 와서 가져가라!"

비요가 말에 박차를 가하며 산골짜기로 냅다 달아났다. 그 순간 촉군이 물밀듯이 추격해 앞을 막았다. 오갈 수가 없게 된 비요는 주저하지 않고 자결했다. 촉군의 대승이었다.

제갈공명이 강유에게 큰 상을 내리며 말했다.

"큰 계교를 썼는데 안타깝구려."

"조진을 잡지 못해 원통합니다."

조진은 비요가 강유의 계책에 빠져 자결했다는 말을 듣고 땅을 치고 후회했다. 그리고 곽회와 의논하여 군사를 물리기로 결정했다.

"더 싸워 봐야 승산이 없다."

손례와 신비는 위주 조예에게 이런 사실을 알리는 표문을 올렸다. 패전 소식을 들은 조예가 사마의를 불렀다.

"중달, 어서 계책을 말해 주시오."

사마의는 당황하지 않고 자신 있게 말했다.

"제갈공명을 물리칠 계책은 이미 준비되어 있습니다. 우리 군사 하나도 움직이지 않고 물러나게 만들겠습니다."

"그런 꾀가 있단 말이오?"

"신은 일찍이 제갈공명이 진창으로 올 줄 알고 있었습니다. 그래서 학소로 하여금 지키게 한 것입니다. 그들이 다른 길로 온다면 길이 좋지 않기 때문에 군량도 많이 가지고 있기 힘듭니다. 우리는 그저 지키면서 시간을 끄는 게 이기는 비법이라 생각합니다. 폐하께서 조서를 내리셔서 조진에게 요충지만 지키고 절대 나가 싸우지 말라 이르십시오. 그렇게 하면 한 달도 못 가 제갈량의 군사들이 회군할 것입니다. 그때를 노려 공격하면 제갈량을 사로잡을 수 있습니다."

"그대는 선견지명이 있는데 어찌하여 나가 싸우지 않는 겐가?"

"폐하, 저는 목숨이 아까워서가 아닙니다. 이곳의 군사를 지키고 있어야 동오의 육손을 막을 수 있습니다."

"육손과 동오가 그리 두려운 존재란 말인가?"

"손권은 머지않아 스스로 황제에 오를 것입니다."

"그자가 그런 천인공노할 반역을 저지른단 말인가?"

"그러면 어찌 되겠습니까?"

"하늘 아래 태양이 세 개가 되는 게지."

"그런 상황을 두고 보지 않고 폐하께서 동오를 칠 줄 알고 손권이 먼저 쳐들어올 것입니다. 저는 그때를 대비할 뿐입니다. 제 생각대로만 움직이면 손권을 받아쳐서 사로잡을 수 있습니다."

미래를 내다보는 사마의의 말에 조예가 할 말을 잃었다. 조예는 한기를 보내 조진에게 명을 전하기로 했다.

"절대 싸우지 말고 지키고만 있으라 이르라!"

한기는 떠나기 직전에 사마의를 만났다. 사마의가 한 차례 더 황제의 명을 당부했다.

"무조건 잘 지키는 것이 상책이고, 적을 뒤쫓을 때는 꼼꼼히 살피되 성급하게 움직이지 말라고 도독에게 전하시오. 이 계책 또한 내 의견이 아니라 황제의 명임을 분명히 하시오."

"명을 받들겠습니다!"

한기가 위군 진영에 도착하자 조진이 영채 밖으로 나가 그를 맞아들였다. 한기가 조예의 명을 전하자, 곽회가 웃으며 말했다.

"그건 사마중달의 생각이지요."

"황제의 명이 아니란 말이오?"

"제갈공명의 용병술을 가장 잘 아는 사람이 사마중달입니다. 촉군을 막을 사람은 그뿐입니다."

"하지만 우리가 지키는데도 촉군이 물러가지 않으면 어쩔 테요?"

"비밀리에 사람을 보내 왕쌍에게 군사를 이끌고 소로를 수시로 순찰하도록 하십시오. 그러면 촉군이 감히 군량을 운반할 생각을 못 할 것입니다. 적이 군량이 떨어졌을 때 우리가 기세를 몰아 쳐야 합니다. 그리한다면 승리는 우리 것입니다."

그러자 손례가 말했다.

"제가 기산으로 가서 거짓으로 군량을 운반하는 척하겠습니다. 수레에 마른 장작과 건초를 넣고 유황과 염초†를 잔뜩 뿌려 농서에서 군량미가 온 것처럼 소문을 내겠습니다. 그러

유황과 염초는 요즘 말로 인화성 물질이야. 유황은 타기 쉬운 노란색 광물질로 탈 때 내는 푸른 불꽃이 매우 뜨겁고, 연기는 숨 막힐 정도로 독한 냄새가 나. 화약이나 성냥의 원료, 약용·농약·펄프 제조 등에 쓰이지. 염초는 충격이나 열로 화학반응을 일으켜 가스와 열을 발생시키면서 폭발하는 물질이야. 흔히 성냥이나 흑색 화약, 비료, 유리 따위를 만드는 데 쓰여.

면 분명히 촉군이 그걸 빼앗으려고 기습할 것입니다. 그때 수레에 불을 지르고 매복했다가 공격하면 대승을 거두지 않겠습니까?"

조진이 무릎을 치며 좋아했다.

"그거 좋은 생각이다."

조진은 손례에게 군사를 주어 계책을 실행하도록 했다. 이어 왕쌍에게 사람을 보내 소로를 수시로 순찰하라고 일렀다.

그때 제갈공명은 영채를 세운 뒤 날마다 위군에게 싸움을 걸었다. 하지만 위군은 좀체 응하지 않았다. 제갈공명이 강유와 부하 장수들을 불러 상의했다.

"저들이 싸움에 응하지 않는 것은 시간을 끌자는 전략이오."

"맞습니다. 지연 작전입니다."

"길들이 좁고 험해 군량을 운반하기도 힘드오. 남은 군량이라곤 한달 치밖에 없으니 어찌하면 좋겠소?"

그때 손례가 이끄는 수천 대의 수레가 군량을 싣고 기산으로 간다는 소식이 들려왔다.

제갈공명이 물었다.

"손례가 어떤 인물인가?"

항복한 위나라 군사가 손례에 대해 보고했다.

"손례는 일찍이 위주를 따라 대석산에 사냥을 간 적이 있었습니다. 그때 갑자기 호랑이가 위주에게 달려들자 어느새 말에서 뛰어내려 단칼에 호랑이를 쳐 죽였지요. 그래서 장군이 되었고, 지금은 조진의 오른

팔이라 할 수 있습니다."

제갈공명이 그 말을 듣고 웃었다.

"아하, 그렇다면 이것은 저들이 꾸민 계교로다."

"어찌하여 그렇단 말씀이십니까?"

"그렇게 용맹한 자가 싸움을 피하면서 군량을 잔뜩 실은 수레를 노출한다는 건 말이 안 되네. 수레에 실은 물건은 불에 잘 타는 것들이 분명해. 나는 평생 화공을 한 사람이다. 그런데 그런 계교로 나를 유인하려 해? 내가 장계취계를 써서 저자들의 꾀를 역으로 이용할테니 두고 보아라."

제갈공명이 마대를 불러 지시했다.

"그대는 위군이 군량과 마초를 저장한 곳에 가서 바람 부는 쪽에서 불을 지르도록 하라."

제갈공명은 마충과 장의에게도 군사를 거느리고 나아가 마대를 도와 안팎으로 협공하도록 지시했다. 그들이 황급히 떠나자, 관흥과 장포를 불러 당부했다.

"오늘 밤 산 서쪽에서 불길이 일면 위군이 우리 영채를 습격할 것이다. 그대들은 위군 영채의 좌우에 숨어 있다가 적들이 치러 나오면 곧장 습격하라."

이어 오반과 오의에게도 분부를 내렸다.

"그대들은 군사들을 이끌고 영채 밖에 매복해 있다가 위군이 들이닥치면 퇴로를 끊어라."

장수들에게 빈틈없이 지시를 하고 난 뒤 제갈공명은 높은 곳에 올라가 자리를 잡았다. 바야흐로 눈앞에서 벌어지는 전투를 직접 감상할 생각이었다.

위군은 촉군이 군량을 뺏으러 온다는 사실을 알아내고 자신들의 계략대로 됐다며 기대감에 부풀었다. 손례는 군사들을 매복해 놓고 촉군이 공격해 오기만 기다렸다.

마대는 한밤중에 삼천 명의 군사를 이끌고 소리 없이 위군 진영으로 다가가 적진을 살폈다. 과연 수많은 수레들이 겹겹이 둘러싸여 영채를 이루었고, 허장성세로 꽂아 둔 깃발들이 보였다. 그때 서남풍이 불어 깃발들이 나부꼈다.

"남쪽으로 내려가 불을 붙여라!"

불길이 삽시간에 수레에 번졌다. 불길과 연기가 하늘을 태울 듯이 맹렬하게 치솟았다. 손례는 촉군이 왔다는 신호로 위군이 불을 올린 것으로 판단했다.

"촉군이 왔다! 적을 포위하여 무찌르자!"

손례가 군사들을 몰아쳤다. 그런데 갑자기 뒤쪽에서 북소리가 나고 좌우에서 군사들이 치고 들어오는 것이 아닌가. 마충과 장의의 군사들이었다. 촉군은 위군을 완전히 포위했다. 손례는 생각지도 못한 적의 출현에 당황해 혼이 빠질 지경이었다. 위군은 촉군에게 안팎으로 협공을 당해 이리저리 흩어지고 쓰러졌다. 마대까지 가세한 촉군의 기세에 위군은 힘도 못 써 보고 크게 패했다. 불길은 맹렬하게 타올랐고 바람은 거세게 불었다. 손례는 부상당한 몇몇 군사들과 함께 간신히 불구덩이에서 빠져나왔다.

이때 전방 영채에 있던 장호는 서쪽에서 솟아오르는 불길을 보고 명령을 내렸다.

"이때다! 공격하라!"

장호가 악침과 함께 촉의 영채를 습격해 들어갔다. 그러나 촉의 영채는 텅 비어 있었다. 일이 잘못됐다는 것을 안 장호가 소리쳤다.

"어서 군사를 거두어라!"

장호가 군사를 돌이키려 할 때 오반과 오의가 협공하여 길을 끊었다. 겨우 포위망을 뚫고 본채로 돌아오자 이번에는 화살이 빗발치듯 쏟아졌다. 관흥과 장포가 비어 있던 영채를 점령해 역공을 펴부은 것이다.

"아아, 어찌 이럴 수 있단 말인가?"

크게 패한 장호와 악침의 군사들이 조진의 영채를 향해 달려갈 때쯤 손례의 군사들도 달려왔다. 그들은 영채로 들어가 조진에게 전황을 보고했다.

"제갈공명은 참으로 무섭구나. 나가 싸우지 마라!"

조진은 굳게 지키기로 결심했다.

촉의 군사들은 돌아가 제갈공명에게 승전을 보고했다. 그러자 제갈공명이 말했다.

"이제 우리는 회군한다. 준비하라!"

양의가 의아해 물었다.

"승상, 힘들게 위군을 꺾었습니다. 기세를 몰아 최후의 승리를 향해 나아가야지, 어찌하여 돌아가자 하십니까?"

"우리는 군량이 부족해 어서 싸우기를 바라지만 저들은 이미 우리를 읽고 지키려고만 하지 않는가. 그러다 보면 원군이 올 테고, 그들이 우리 보급로를 친다면 우리는 돌아가고 싶어도 못 돌아가게 될 것이오."

제갈공명은 사세 판단이 빨랐다.

"위군이 패배해 감히 우리를 건드리지 못하는 지금 서둘러 돌아가려는 것이오. 위연이 왕쌍과 대치하고 있어서 그게 조금 아쉽지만 사람을 보내 은밀히 계책을 주었으니 위군이 추격하지는 못할 것이오."

그날 밤 제갈공명은 영채에 병사 몇 명만 남겨 둔 채 전군이 썰물처럼 물러났다. 이때 조진은 대채에서 어쩔 줄 몰라 수심에 잠겨 있었다. 이때 장합이 도착해 조진에게 물었다.

"폐하의 뜻을 받아 전황을 파악하러 왔습니다."

"보다시피 적들의 계략에 역공을 당해 이 지경입니다."

"사마중달이 말하기를, 우리가 이기면 촉군은 퇴각하지 않지만 우리가 지면 반드시 퇴각할 것이라 했습니다."

"그게 무슨 말씀이오?"

상식에 어긋나는 말을 듣고 조진이 물었다.

"장군께서 촉군의 동정을 살펴보셨습니까?"

"아, 두려워서 그 생각은 못 했소. 어서 촉군의 동정을 살펴보아라."

조진이 은밀히 정탐꾼들을 내보냈다.

한참 뒤에 그들이 와서 보고했다.

"영채는 비어 있고 정기만 바람에 펄럭일 뿐입니다. 쥐새끼 한 마리도 보이지 않았습니다."

그 순간 조진이 자신의 이마를 쳤다.

"아하, 이런! 내 실책이로다. 시기적절하게 적을 쳤어야 하는데……."

하지만 이미 때는 늦었다.

그때 위연은 제갈공명의 밀서를 받고 조용히 퇴각을 준비했다. 그런 동정이 왕쌍에게 알려졌다. 왕쌍이 대군을 이끌고 후퇴하는 위연을 쫓아갔다.

"위연은 거기 서라! 어디로 도망가는 게냐?"

그러나 촉군은 뒤도 돌아보지 않고 도망쳤다.

"촉군을 살려 보내지 마라!"

왕쌍은 급한 마음에 군사들을 더욱 다그쳐 촉군을 뒤쫓았다. 그때 갑자기 군사들이 외쳤다.

"장군, 영채에서 불길이 치솟았습니다. 적의 속임수인 것 같습니다."

군사들의 말대로 떠나온 영채에서 불길이 활활 치솟고 있었다.

"어서 회군하라!"

왕쌍이 말머리를 돌리는 순간 말 탄 장수가 바람처럼 나타났다.

"넌 누구냐?"

"내가 바로 네놈이 찾던 위연이다!"

당황한 왕쌍은 미처 싸워 보지도 못하고 위연의 칼에 맞아 말 아래로 굴러떨어졌다. 장수를 잃고 당황한 위군은 복병이라도 있을까 봐 저마다 뿔뿔이 흩어졌다. 위연은 이런 일이 벌어질 거라 예상한 제갈공명의 명에 따라 삼십여 명의 날쌘 기병만 데리고 숨어 있었던 것이다. 위연은 한중으로 유유히 회군했다.

위연이 한중으로 돌아가 군마를 인계하자, 제갈공명이 크게 기뻐하며 잔치를 베풀고 군사들을 위로했다.

"수고들 많았소. 우리가 큰 손실 없이 퇴군한 건 다 그대들의 공이오."

왕쌍이 죽었다는 소식이 뒤늦게 위군 진영에 알려졌다. 조진은 너무나 커다란 마음의 상처를 입어 병까지 걸렸다.

"아아, 그렇게 믿었던 왕쌍을 잃다니……."

상심이 컸던 조진은 곽회와 손례, 장합에게 길목을 단단히 지키라 이른 뒤 낙양으로 돌아갔다.

3
제갈공명과 사마중달

촉의 상보 제갈공명은 두 번이나 대군을 일으켜 출정했지만 이렇다 할 성과를 거두지 못했다. 그런 소식은 오왕 손권에게도 전해졌다. 신하들은 군사를 일으켜 위를 치고 중원을 도모해야 할 때라고 권했지만 장소만은 의견이 달랐다.

"먼저 황제에 오르신 뒤 군사를 일으키는 것이 순서일 것입니다."

손권은 장소의 의견을 받아들여 드디어 황제에 즉위했다. 대신들이 모인 가운데 무창 땅 동산에 단을 쌓고 황제의 자리에 오른 것이다. 연호도 황룡 원년(229)으로 고치고, 부친 손견에게 무열황제라는 시호를 올렸다. 그리고 아들 손등을 황태자로 삼았으며, 제갈근의 맏아들인 제갈각†을 태자 좌보로, 장소의 둘째 아들 장휴를 태자 우필로 삼았다.

제갈각의 호는 원손으로 키가 칠척에 총명하고 언변이 좋았다. 제갈각이 어렸을 때 아버지를 따라 오왕의 잔치에 참석한 적이 있었다. 손권이 얼굴이 긴 제갈근을 두고 아들을 즐겁게 해주려고 나귀를 끌어다 그 얼굴에 분필로 '제갈자유'(제갈근의 자)라고 썼다. 사람들은 나귀를 보고 크게 웃었다.

"하하, 딱 자유의 얼굴이로군."

"아니야, 자유의 얼굴이 더 길지도 모르오."

중신들이 얼굴 긴 아버지를 놀리자 어린 제갈각은 분이 솟구쳤다. 아버지를 놀리는 데 좋아할 아들이 어디 있겠는가. 제갈각은 달려 나가 분필로 글자 밑에 '지려(之驢)'라고 썼다. '제갈자유의 나귀'로 문구를 고친 것이다. 놀란 손권이 크게 웃었다.

"하하하, 이렇게 총명한 아이가 있단 말이냐?"

손권은 제갈각에게 나귀를 상으로 주었다.

황제가 된 손권은 고옹을 승상으로 삼고, 육손을 상장군으로 삼아 태

자를 보필하며 무창 땅을 지키도록 했다. 손권 자신은 건업으로 돌아가 신하들과 함께 위를 공략할 방안을 찾느라 고심했다. 그때 장소가 의견을 냈다.

"폐하, 이제 보위에 오르셨으니 무보다 문을 중시할 때입니다. 학교를 만들고 민심을 안정시키소서. 그리고 서천으로 사신을 보내 촉과 동맹을 맺고 함께 천하를 나눈 뒤 천천히 대사를 도모하십시오."

"오호, 좋은 말이오."

손권은 서천으로 사신을 보냈다. 황제에 즉위했다는 소식을 알리기 위함이었다. 후주 유선은 손권이 황제가 되었다고 하자 기분이 쓸쓸했다. 말하자면 하늘 아래 태양이 셋이나 된 꼴이지 않은가.

"동오마저 황제라고 칭하니, 어쩌면 좋겠소?"

"축하해 주셔야 합니다."

유선은 제갈공명의 의견을 따를 수밖에 없었다.

"사신에게 예물을 주어 동오에 하례하고, 육손으로 하여금 위를 치게끔 청하십시오. 육손이 위를 치면 사마의가 막을 텐데, 그 틈에 신이 다시 기산으로 나아간다면 장안을 도모할 수 있습니다."

유선은 제갈공명의 말대로 명마와 옥대, 금은보화를 진진에게 들려 보내 황제 즉위를 축하하고, 아울러 위를 치도록 청했다.

손권이 육손을 불러 의견을 묻자 육손이 말했다.

"이는 제갈공명이 사마의가 껄끄러워 생각해 낸 계책입니다."

"우리에게 군사를 일으키게 하여 사마의를 묶어 두려는 전략이로군."

"우리가 동맹을 맺기로 한 터라 따르지 않을 수는 없습니다. 서촉을 돕는 척하면서 제갈공명이 위를 공격해 형세가 다급해지기를 기다리십시오. 그 틈을 노린다면 중원을 차지할 수 있습니다."

"그런 셈이 있다면 내 받아들일 것이오."

손권은 명령을 내려 군사들을 훈련시키고, 기회를 보아 출정하기로 결정했다.

제갈공명은 섣불리 위를 공격하는 것은 위험하다 여기고 있었다. 이때 좋은 소식이 들렸다. 눈엣가시 같던 학소가 병이 깊어 몸져누웠다는 소식이었다.

"드디어 대사를 이룰 수 있겠도다."

제갈공명이 강유와 위연을 불러들여 오천 명의 군사를 주고 진창성으로 가서 성안에서 불이 나면 즉시 공격하라고 명령을 내렸다. 그리고 한마디 덧붙였다.

"사흘 뒤에 하직 인사를 할 것도 없이 바로 떠나도록 하라!"

"알겠습니다!"

제갈공명은 관흥과 장포에게도 은밀히 분부를 내렸다.

이때 곽회는 학소의 병이 위중하다는 말을 듣고 장합을 불러 대책을 세웠다.

"학소의 병이 위중하다니 걱정이오. 학소가 지킨 덕분에 제갈량이 침범하지 않았는데."

"내가 가서 막겠소이다!"

"그렇다면 큰 짐을 덜게 됐소. 진창으로 가서 임무를 교대하시오. 나는 조정에 알려 따로 허락을 받겠소."

장합이 삼천 명의 군사를 거느리고 진창성으로 향했다.

이를 알 리 없는 학소는 병석에 누워 밤새 신음하는데 난데없이 촉군이 들이닥쳤다는 보고가 들어왔다.

제갈각은 제갈근의 아들이야. 어려서부터 총명하고 민첩하기로 유명했다고 해. 손권이 매우 아껴 태자 손등의 좌보(좌보와 우필을 합쳐 좌보우필이라고 해. 임금의 좌우에서 정치를 돕는 신하를 말하지.)를 맡길 정도였어. 이후 제갈각은 승승장구해 태부가 되어 국정을 맡게 되지. 작은아버지 제갈공명은 촉, 조카인 제갈각은 오에서 재상이 되었으니 대단한 일이지. 죽는 날까지 동오에 충성한 신하야.

"촉군의 기습입니다!"

"어찌 이리 방비가 허술했단 말이냐? 성을 굳게 지켜라!"

예상치 못한 촉군의 기습에 학소가 몸소 성 위로 군사들을 올려 보냈다. 하지만 이미 성문이 불길에 휩싸였고 성안은 혼란에 빠졌다. 이전의 학소였다면 단단히 대비했으련만 와병 중이라 그러지 못했다.

"아아, 내가 일을 그르쳤다! 분하다!"

분통이 터진 학소는 충격으로 쓰러져 그대로 숨을 거두었다. 기세가 오른 촉군은 물밀듯이 쳐들어와 성을 점령했다.

그런 줄도 모르고 위연과 강유는 군사를 이끌고 나아가 진창성 아래 도착했다. 그런데 성안이 조용했다. 군사들이 얼떨떨해 서로 얼굴만 쳐다보는데, 성루에서 제갈공명이 모습을 드러냈다.

"그대들은 이제 오는가?"

위연과 강유가 말에서 내려 절하며 말했다.

"승상께서 어찌 여기 계십니까?"

두 장수가 황급히 성안으로 들어갔다. 제갈공명은 위연과 강유에게 사흘 뒤에 출격하라고 일러 적을 안심시켜 놓고, 관흥과 장포에게 빠른 군사들과 함께 계책을 주어 성을 함락시켰다. 그전에 정탐꾼을 성안으로 들여보내 불을 질러 혼란을 일으키게 한 것은 물론이다. 이는 적이 공격당한다는 것을 알더라도 준비할 시간이 있다고 생각하게 만들어 놓고 허를 찌른 것이다.

"참으로 승상의 신묘한 계책은 따를 수가 없습니다."

"허허! 이런 것이 바로 병법에서 말하는, 불시에 적을 치고 준비되어 있지 않을 때 공격하라는 것이오."

진창성을 취한 제갈공명은 학소의 가족들과 영구를 위로 돌려보내라고 명했다.

"이토록 명민한 적장은 예전에 미처 본 적이 없다. 적장이지만 예를 갖추도록 하라."

그런 뒤 위연과 강유에게 명령을 내렸다.

"그대들은 곧바로 군사를 끌고 가서 산관을 급습하라! 그러면 적이 놀라 도망갈 것이다. 조금이라도 늦으면 원군이 도착해 공략하기 어려우니 서둘러라."

위연과 강유가 바람처럼 달려가 산관을 공격했다. 과연 제갈공명의 말대로 위군은 촉군을 보자 저항할 생각도 않고 도망쳤다. 관 위에 올라 투구를 벗으려 할 때 멀리서 흙먼지를 일으키며 달려오는 군사들이 보였다. 바로 장합[†]의 군사들이었다.

위연과 강유가 군사들에게 명했다.

"군사를 둘로 나누어 험한 길목을 미리 지켜라!"

요지마다 버티고 선 촉군의 기세는 완강했다. 촉군을 당할 수 없게 된 장합은 후퇴하기 시작했다.

여기서 잠깐!!

장합은 관도대전에서 조조가 원소의 군량 저장소인 오소를 습격했을 때 오소를 구하겠다고 자청해 나선 장수지. 장합은 이 전투에서 패하고 곽도의 모함까지 받아 조조에게 항복하게 돼.

정사에 따르면 장합은 군사들을 잘 이끌고 선비를 좋아한 걸로 나와. 제갈공명의 1차 북벌 때 마속을 대파한 것은 사마의가 아니라 장합의 공로였어. 《삼국지연의》에서는 사마의가 한 걸로 묘사했지만 말이야.

"도망가지 마라!"

승부욕이 강한 위연은 위군을 쫓아가 맹렬히 공격하여 큰 승리를 거두었다. 마침내 제갈공명은 대군을 거느리고 기산에 이르러 영채를 세울 수 있었다. 제갈공명이 장수들에게 말했다.

"내 그동안 이곳에 두 번 왔지만 이득을 얻지 못했는데, 오늘 다시 이곳에 오게 되었소. 위군은 틀림없이 지난번에 싸웠던 곳에서 다시 맞서려 할 것이오. 내가 옹성과 미성을 칠 거라고 예측하겠지만 이번에는 우리 땅과 접한 무도와 음평을 먼저 칠 것이오. 누가 가겠는가?"

강유와 왕평이 나섰다.

"저희가 가겠습니다!"

제갈공명은 강유에게 만 명의 군사를 주고 무도를, 왕평에게 만 명의 군사를 주고 음평을 치게 했다.

한편, 장합은 장안으로 돌아가 패전 소식을 알렸다.

곽회가 놀라서 말했다.

"촉군은 분명히 전처럼 옹성과 미성을 취할 것이야."

곽회가 지체하지 않고 장합에게 장안을, 손례에게 옹성을 지키게 하고, 자신은 미성을 지키기로 하여 밤새도록 행군해 나아갔다.

이때 위나라 조정은 촉군이 쳐들어오고 동오에서 육손이 다가온다는 소문이 들려오자 당황했다. 양쪽에서 협공을 당하면 어려운 지경에 빠질 것이 불을 보듯 뻔했다.

조예가 병상에 누워 있는 조진을 젖혀 두고 사마의를 불렀다.

"이를 어찌하면 좋은가?"

사마의가 태연하게 말했다.

"동오는 군사를 일으키지 않을 것입니다."

"어찌하여 그러한가?"

"제갈공명은 효정 전투의 원수를 갚기 위해 동오를 치고 싶은 마음이 굴뚝같겠지만 그사이 우리가 촉을 칠까 두려워 잠시 동오와 동맹을 맺었을 뿐입니다. 육손은 그런 제갈공명의 속마음을 잘 알기에 지금 군사를 일으키는 척만 하고 있는 겁니다. 그러니 우리는 촉의 군사들만 잘 막으면 될 것입니다."

사마의의 의견에 따라 위의 군사들은 촉을 막기 위해 움직였다. 조진이 갖고 있던 총지휘권은 사마의가 맡았다.

촉한 건흥 7년(229) 4월, 제갈공명은 기산에서 영채를 셋으로 나누어 군사를 주둔시키고 위군이 오기만 기다렸다. 사마의는 장합을 선봉으로 삼고 대릉을 부장으로 삼아 십만 대군을 이끌고 위수 남쪽에 영채를 세웠다.

사마의가 곽회와 손례에게 말했다.

"내가 공명과 싸울 테니, 그대들은 샛길로 가서 무도와 음평을 구하시오."

"옹성과 미성을 지켜야 하는 거 아닙니까?"

"제갈량이 그쪽으로 올 리 없소."

명에 따라 곽회와 손례가 각자 오천 명의 군사를 이끌고 무도와 음평으로 달려갔다. 도중에 곽회가 손례에게 물었다.

"중달과 공명 중에 누가 나은 것 같소?"

"물론 공명이 훨씬 낫지요."

"어허, 실망이오. 지금 보니 계교는 중달이 앞서지 않소? 촉군이 두 고을을 치고 있다는데, 우리가 뒤에서 그들을 습격한다면 승리는 우리 것이 되지 않겠소?"

"허허, 그렇게 되길 바랄 뿐입니다."

두 장수가 얘기를 나눌 때 척후병이 달려와 보고했다.

"음평은 이미 왕평에게 무너졌고, 무도도 강유에게 함락됐습니다. 그런데 촉군이 바로 코앞에 있습니다."

손례가 놀라 말했다.

"성을 점령한 촉군이 왜 밖에 나와 있단 말인가? 계교가 있는 듯하니 물러나는 것이 좋겠다."

손례가 퇴군령을 내리려 할 때였다. 갑자기 제갈공명이 나타나 곽회와 손례의 군사들을 포위했다. 관흥과 장포가 좌우에서 호위했다. 게다가 함성이 터지며 왕평과 강유의 군사까지 합세했다. 위군은 대항해 볼 새도 없이 크게 패했다. 곽회와 손례는 말을 버리고 산으로 기어 올라갔다. 장포가 그들을 뒤쫓았다.

"게 서지 못할까?"

급한 성미는 아버지 장비의 것을 그대로 물려받은 장포였다. 위군 장수를 잡으려는 욕심에 서둘러 언덕을 올라가던 장포가 그만 말과 함께 굴러 계곡에 처박혔다.

"장군께서 계곡으로 굴렀다!"

"어서 구출하라!"

군사들이 구출했을 때 장포는 머리가 깨져 목숨이 위태로웠다. 군사들은 장포를 당장 성도로 후송했다. 그 와중에 곽회와 손례가 도망쳐 사마의에게 전황을 알렸다.

"무도와 음평이 이미 함락됐습니다. 길목마다 촉군이 매복해 기습하는 통에 크게 패하고, 말까지 버리고 겨우 살아 돌아왔습니다."

사마의가 탄식했다.

"아, 이건 제갈공명의 지혜가 나보다 뛰어나기 때문이오. 장수들 잘못이 아니오. 두 사람은 당장 미성과 옹성으로 가서 지키기만 하고 절대 밖으로 나가 싸우지 마시오."

사마의는 이어 장합과 대릉을 불러 명령했다.

"그대들은 만 명의 군사로 촉군의 뒤를 치도록 하시오. 나는 앞에 포진하고 있다가 촉군이 어지러워지면 쳐들어가겠소."

장합과 대릉이 군사를 거느리고 촉군 배후로 깊숙이 진군해 들어갔다. 그들이 삼십 리 남짓 진격했을 때 군사들이 더는 앞으로 나가지 못했다. 두 장수가 앞으로 가서 보니 소로에 건초를 실은 수레 수백 대가 길을 막고 있는 것이 아닌가.

당황한 장합이 외쳤다.

"화공을 준비하는 것 같다. 빨리 군사를 돌려라!"

하지만 때가 늦었다. 온 산에 불길이 치솟으며 복병들이 짓쳐들어왔다. 기다렸다는 듯 제갈공명의 목소리까지 들렸다.

"장합과 대릉은 들어라! 너희들은 이름 없는 장수에 불과하니 항복하면 목숨을 살려 주겠다!"

장합이 크게 노하여 욕설을 퍼부었다.

"산야의 촌놈 주제에 말이 많구나! 내 반드시 너를 잡아 죽이고야 말 겠다!"

용맹한 장합이 산 위로 방향을 잡아 기어올랐다. 화살과 돌멩이가 날 아들어 더는 올라갈 수 없게 되자, 미친 듯이 창을 휘두르며 군사들을 베어 넘겼다. 그 기세가 어찌나 사나운지 누구도 막을 수가 없었다. 촉 군은 대릉을 둘러싼 채 포위망을 좁혔다. 그런데 어느 순간 장합이 다시 포위망 안으로 들어가 대릉을 구해 도망쳤다. 산 위에서 그 광경을 바라 보던 제갈공명이 감탄했다.

"내 일찍이 장비와 장합이 싸울 때 사람들이 놀랐다는 말을 들었는 데, 오늘 보니 과연 그 용맹함을 알 것 같다. 저자를 반드시 없애야 한다. 그것이 후환을 없애는 길이다."

승리를 거둔 제갈공명은 군사를 거두어 영채로 돌아갔다. 승전 소식 을 기다리던 사마의는 예상치 않게 장합과 대릉이 크게 패하여 돌아오 자 다그쳐 물었다.

"어찌하여 패했는가?"

"제갈공명이 미리 알고 방비를 해 두었소이다."

"아, 공명이야말로 신인(神人)이로구나. 더 싸워 봐야 의미 없다. 물러 가도록 하자."

그 뒤 사마의는 방비만 하고 성에서 밖으로 나올 생각을 하지 않았 다. 대승을 거두어 많은 전리품을 챙긴 제갈공명은 위연에게 싸움을 걸라고 명했다. 하지만 아무리 조롱하며 싸움을 걸어도 위군은 좀처럼 움직이지 않았다.

제갈공명이 초조한 나날을 보내던 중 시중 비의가 황제의 조서를 갖고 왔다. 지난번 출정에 실패하여 스스로 벼슬을 낮추었더니 도로 승상으로 올린다는 조서였다.

제갈공명이 비의에게 말했다.

"아직 나라의 큰일을 이루지 못했는데 어찌 승상의 직을 다시 받는단 말인가?"

그러자 비의가 권했다.

"승상께서 직위를 받지 않으면 황제의 뜻을 거스르는 것입니다. 게다가 승상만을 믿고 따르는 부하 장수들도 생각하셔야죠."

결국 제갈공명은 절을 한 뒤 승상 직을 받기로 했다.

그때까지도 사마의는 전혀 싸움에 응하지 않았다. 제갈공명은 계책을 세운 뒤 전군에게 영채를 거두어 물러나라고 명했다. 제갈공명이 갑자기 뒤로 물러가자 사마의는 군사들에게 더욱 경계를 철저히 하라고 지시했다.

"공명이 계책을 쓰는 것이다. 경솔하게 움직이지 마라!"

하지만 장합은 공을 세워야 하기도 했고, 또 지난번의 패배를 설욕하고 싶기도 했다. 장합이 사마의에게 항의했다.

"저자들은 분명 군량이 부족한 것입니다. 군량이 부족해 물러가는데 왜 뒤쫓지 않으십니까?"

"그렇지 않소. 지난해에 큰 풍년이 들어 수확이 많은 데다 지금은 보리까지 무르익었소. 운반하기 어렵다고 하지만 저들에게는 아직도 많은 식량이 남아 있소. 그런데도 물러나는 척하는 것은 계책으로 우리를 유인하려는 것이니, 사람을 보내 알아보도록 합시다."

사마의가 곧바로 정탐꾼들을 보내 적의 동향을 살피게 했다. 그러자 이런 보고가 올라왔다.

"제갈공명의 군사들이 삼십 리 밖에 영채를 세웠습니다."

보고를 들은 사마의가 말했다.

"역시 내 말대로 공명이 멀리 가지 않았잖소. 영채를 굳게 지키시오. 함부로 나서면 절대 안 되오."

그렇게 꼼짝 않고 대치한 지 열흘이 지났다. 촉군의 움직임도 없었고, 싸움을 거는 군사도 없었다. 사마의가 다시 정탐꾼들을 내보내 적의 동태를 살피게 했다. 그런데 놀라운 보고가 들어왔다.

"촉군이 영채를 버리고 어디론가 사라졌습니다."

사마의가 미심쩍어 직접 군사들 속에 섞여 정찰을 나갔다. 촉군은 머물던 영채에서 삼십 리 더 밖으로 나가 영채를 세우고 있었다.

사마의가 돌아와 장합에게 말했다.

"공명의 계책이오. 절대 따라가면 안 되오."

그로부터 열흘 뒤, 촉군은 다시 삼십 리를 더 물러갔다.

장합이 견디다 못해 말했다.

"이것이야말로 완병지계(지연 작전)입니다. 적이 서서히 한중으로 물러가는데 왜 의심만 하고 치지 않으십니까? 제가 가서 한바탕 휘저어 놓겠습니다. 허락해 주십시오!"

"경솔히 움직여서는 안 되오. 실수하면 우리 예기가 꺾이오."

"소장이 패한다면 군령을 받겠습니다!"

장합이 군령장까지 쓰겠다고 나서자 사마의는 마지못해 허락하고 군사의 절반을 떼어 주었다.

장합과 대릉이 정예병 삼만 명을 거느리고 나가 적진과 아군 진영의 중간쯤에 영채를 세웠다. 사마의는 본진을 영채에 남겨 둔 채 정예 군사 오천 명만 데리고 장합을 뒤따랐다.

적의 동향을 파악한 제갈공명이 말했다.

"곧 위군이 추격해 우리를 덮칠 것이오. 그들이 덮친다면 우리는 사생결단으로 막아야 하오. 나는 복병을 써서 적의 뒤를 끊을 예정인데, 지모가 뛰어난 용장이 나섰으면 좋겠소."

그런데 마땅히 나서야 할 위연이 나서지 않았다. 고개를 돌려 외면하자 왕평이 나섰다.

"제가 하겠습니다. 실수한다면 군령에 따라 처벌받겠습니다!"

그러자 제갈공명이 탄식했다.

"장수 하나가 더 필요한데……. 나설 사람이 없구나."

그때 장익이 나섰다.

"제가 가겠습니다!"

"안 되오. 장합은 만 명으로도 당하지 못할 장수요. 장 장군은 적수가 못 되오."

장익이 더욱 분기를 뿜었다.

"만약 일을 그르친다면 제 목을 바치겠습니다!"

"그렇다면 승낙하겠소."

제갈공명이 장익의 군령장을 받고 나서 명했다.

"정예병 일만 명을 끌고 가서 산골짜기에 매복했다가 위군이 오면 고이 보내고 뒤쪽을 공격하시오. 분명히 사마의가 뒤따라올 테니, 그때는 군사를 나누어 장익은 뒤쪽의 적을 막고 왕평은 앞의 적을 맞아 죽기 살기로 싸우시오. 그러면 내가 계책을 마련하겠소."

왕평과 장익이 떠나자, 제갈공명이 강유와 요화에게 비단 주머니를 건네며 분부했다.

"그대들은 삼천의 군사를 끌고 나가 감쪽같이 앞산에 매복하시오. 위군이 왕평과 장익을 포위해 형세가 매우 위급해져도 구하려 나서지 말고 이 비단 주머니를 열어 보시오."

강유와 요화가 군사를 끌고 떠난 뒤 몇몇 장수에게도 계책을 주어 떠나보냈다.

"위군의 기세가 날카로울 테니 처음부터 맞서지 말고 싸우며 달아나기를 반복하다가 관흥이 나타나면 역습하시오. 그러면 내가 군사를 끌고 가 돕겠소."

모든 군사들이 제각각 장수의 지휘 아래 떠났다.

이때 위군의 장합과 대릉은 거센 기세로 촉군을 추격해 왔다. 앞서 나간 마충, 장의, 오의, 오반, 네 장수가 장합과 맞닥뜨려 어우러져 싸웠다. 촉군은 제갈공명의 지시대로 싸우다 후퇴하고 싸우다 후퇴하기를 반복했다. 때는 한창 무더운 유월인데 줄곧 추격하느라 힘을 쏟은 위군 군사들은 땀을 비 오듯 흘렸다. 오십 리가량 추격하는 동안 위군은 거의 기진맥진했다.

때마침 산 위에서 제갈공명이 붉은 깃발로 신호를 올렸다.

"드디어 때가 왔다!"

관흥이 군사들을 휘몰아 나가 위군을 공격했다. 도망가던 마충을 비롯한 네 장수도 말머리를 돌려 죽음을 각오한 기세로 반격했다. 그러나 장합과 대릉은 양쪽에서 협공을 당하면서도 물러설 기미를 보이지 않았다. 양군이 죽고 죽이는 혈전을 벌이고 있을 때 또다시 한 떼의 군사들이 들이닥쳤다. 왕평과 장익의 군사들이었다. 그들은 위군을 뒤쫓으며 퇴로를 끊었다.

맹장 장합이 군사들을 독려했다.

"때가 왔다. 죽음을 무릅쓰고 싸워야 한다! 언제 다시 때를 기다리겠는가!"

장합의 독려에 위군이 함성을 지르며 달려들었다. 하지만 여전히 촉군의 포위망을 뚫지는 못했다. 그때 뒤따라오던 사마의의 후원군이 촉군을 치기 시작했다. 순식간에 왕평과 장익의 군사들을 둘러싸고 밀어붙였다. 위기 속에서도 장익이 군사들에게 소리쳤다.

"승상의 계책대로 돌아가고 있다! 이 모두 예상한 일이니 죽기 살기로 싸우자!"

양쪽 군사들이 어우러져 싸우는 소리가 천지에 진동했다. 말발굽 소리와 북소리와 뿔피리 소리가 드높고, 창칼 부딪치는 소리가 하늘을 찔렀다. 군사들의 함성은 메아리쳐 울리고, 죽어 가는 군사들의 비명이 귀를 찢었다. 산 위에 매복한 강유와 요화가 그 광경을 지켜보았다. 더 지체해서는 안 될 것 같은 위기에 몰리자, 제갈공명이 건네준 비단 주머니를 열었다. 마치 이런 상황을 미리 내다보기라도 하듯 다음과 같은 글이 쓰여 있었다.

사마의가 군사를 끌고 나타날 것이오.
왕평과 장익을 포위해 위태로워질 것이 분명하니,
그대들은 군사를 나누어 사마의의 영채를 급습하시오.
그러면 사마의가 회군할 테니,
적이 혼란한 틈을 타 공격하면 영채를 얻지는 못할지라도
대승을 거둘 수 있소.

"아, 적의 영채가 비어 있지! 우리는 영채를 공격한다!"
두 장수는 군사를 둘로 나누어 기세등등하게 사마의의 영채를 치러 출발했다. 그 소식은 얼마 안 가 사마의에게 전달되었다.
"촉군이 두 갈래로 영채를 공격하고 있습니다!"
놀란 사마의가 주위 장수들을 질책하듯 소리쳤다.
"그것 봐라! 내가 뭐라 했느냐? 계책이 있을 거라 했는데 촉군을 쫓다가 대사를 그르치고 말았다. 어서 돌아가자!"
원군이 발길을 돌리자 맹렬하게 싸우던 위군의 사기가 뚝 떨어졌다. 앞다투어 도망치는 적을 장익이 쫓아가며 휘몰아쳤다. 그러자 장합과 대릉도 산골짜기의 좁은 길로 도망쳤다. 관흥이 군사를 끌고 와 이쪽저쪽 가리지 않고 협공하여 촉군은 대승을 거두었다.

사마의가 허둥지둥 영채로 돌아와 보니 촉군은 이미 물러간 뒤였다. 사마의가 가슴을 쓸어내리며 군사들을 야단쳤다.

"병법도 모르는 그대들 때문에 큰일 날 뻔하지 않았는가! 앞으로 경솔하게 움직이는 자는 용서하지 않겠다. 명령에 따르지 않으면 군법에 따라 처벌할 것이야!"

위군은 수많은 사상자를 냈다. 병장기와 말을 헤아릴 수도 없을 만큼 잃었고, 군사들의 사기는 바닥에 떨어졌다.

대승을 거둔 촉군은 기세를 올리며 영채로 돌아왔다. 하지만 제갈공명은 군사들을 추슬러 다시 출병을 준비했다.

그때 성도에서 사신이 달려와 알렸다.

"승상, 장포 장군이 그만……."

장포가 죽었다는 슬픈 소식이었다.

"아아, 장 장군이 죽다니……."

제갈공명은 너무 큰 충격을 받아 피를 토하고 혼절했다. 주위에서 급히 살펴 곧 깨어나기는 했지만, 이후 병석에서 쉽사리 일어나지 못했다. 오래전 장비를 잃었을 때도 그랬지만 그의 아들마저 잃자 심사가 무척이나 괴로웠다.

다른 장수들은 장수 하나하나를 아끼는 제갈공명의 마음에 크게 감격했다.

"아아, 승상께서 이렇게 우리를 아끼셨구나."

"이런 분 밑에서 싸우다 죽은들 목숨이 아까울까."

세상 사람들은 용감한 장포가 먼저 세상을 떠나자 하늘이 영웅을 돕지 않는다고 슬퍼했다.

열흘 뒤, 몸이 쇠약해진 제갈공명이 동궐과 번권을 불러 지시했다.

"내가 정신이 흐려 일을 제대로 처리할 수 없다. 한중으로 돌아가 병을 고친 뒤 다시 계획을 세워야 할 것 같다. 이 사실이 적에게 알려지면 절대 안 된다. 그러니 은밀히 영채를 거두어 돌아가도록 하자."

그들은 그날 밤 소리 소문 없이 영채를 철수해 한중으로 돌아갔다. 세 번째 철수였다.

사마의는 제갈공명이 떠난 것을 닷새 뒤에나 알았다. 소식을 들은 사마의가 길게 탄식했다.

"아, 신출귀몰이로다. 공명의 계책은 정말 따를 수가 없다. 나는 그에게 절대 미치지 못하는구나."

"쫓아가서 칠까요?"

부하 장수가 물었다.

"아니다. 우리도 돌아가자."

사마의도 영채에 몇몇 장수만 남겨 놓고 낙양으로 돌아갔다.

제갈공명은 대군을 한중에 주둔시킨 뒤 성도로 돌아갔다. 몇 차례의 원정을 하는 동안 얻은 병을 치료하기 위해서였다.

"상보, 그간 노고가 많으셨소!"

후주 유선을 비롯하여 문무 관원들이 줄줄이 나와 제갈공명을 반갑게 맞았다.

"불충한 소신이 이룩한 게 없습니다."

"아니오. 어서 병환을 잘 치유하시오."

유선은 어의에게 일러 제갈공명을 치료하도록 했다. 날이 갈수록 공명의 병세는 조금씩 회복되어 갔다.

건흥 8년(230) 7월에 위의 도독 조진이 오랜 병을 털고 일어나 조예에게 표문을 올렸다.

촉군이 여러 차례 우리의 중원을 침범했으니 지금 그들을 제거하지 않으면 반드시 후환이 남을 것입니다.

이제 곧 가을이 되어 날이 서늘해지고 군마도 편히 쉬었습니다. 군사들의 사기 또한 하늘을 찌르니 정벌할 시기가 되었습니다.

신은 사마의와 함께 대군을 이끌고 한중으로 가서 간사한 무리들을 완전히 없애고자 합니다. 허락해 주옵소서!

위주 조예가 크게 기뻐하며 시중 유엽에게 물었다.

"도독이 촉을 정벌하자 하는데 그대는 어찌 생각하는가?"

"옳은 생각입니다. 지금 섬멸하지 않으면 훗날 큰 화근이 되리라 믿습니다. 지체하지 말고 시행하옵소서."

조예가 고개를 끄덕였다.

유엽이 집에 돌아오자 많은 대신들이 찾아와 물었다.

"황제께서 촉을 친다 하시는데 그 말이 사실이오? 정녕 촉을 치려는 것이오?"

"무어라고 진언하셨소?"

여럿이 묻자 유엽이 좌중을 진정시킨 뒤 고개를 저었다.

"그런 일은 없소이다. 아시다시피 촉땅이 얼마나 험한 곳이오? 그곳에 군사를 끌고 가 봐야 군마만 힘들고 얻는 것이 없소이다. 황제께서 촉을 치실 리 없소."

대신들은 그대로 믿고 돌아갔다. 그런데 양기가 궁궐에 들어가 조예에게 말했다.

"시중이 폐하께 촉을 치라고 권했다 들었는데, 저희 대신들과 의논하는 자리에서는 그것이 불가하다 했습니다. 이게 어찌 된 일인지 폐하께서 확인해 봐야 하지 않겠습니까?"

"그렇단 말인가?"

조예도 이상하다 싶어 다시 유엽을 불러 물었다.

"그대는 나에게 촉을 치라 권하고 대신들과 논하는 자리에서는 불가하다 했다 하니, 이게 어찌 된 일이오?"

유엽이 머리를 조아리며 말했다.

"아무리 생각해도 촉을 치기는 어렵사옵니다."

"허허, 참 싱거운 사람이오."

조예는 어이없어 웃고 말았다. 이를 지켜보던 양기가 물러나자 유엽이 다시 표정을 바꾸며 말했다.

"어제 폐하께 촉을 치라 권한 것은 나라의 대사입니다."

"그래서 그게 어쨌다는 건가?"

"군의 일은 속임수를 쓰는 것이니, 일을 시작하려면 반드시 비밀로 해야 합니다. 그래서 제가 대신들에게 거짓말을 한 것입니다. 지금 우리 위나라에 제갈공명이 풀어 놓은 간자들이 어디에 얼마나 스며들어 있는지 알 수 없습니다. 그러니 어찌 섣불리 천기를 누설해 적을 이롭게 하겠습니까?"

"아, 그대 말이 옳도다. 내 생각이 짧았다."

조예는 유엽의 말을 듣고 그를 더욱 존경하며 중히 여기게 되었다.

며칠 뒤 사마의가 입궐하자, 조예가 저간의 사정을 알려 주고 의견을 물었다. 사마의가 조예에게 말했다.

"유엽이 옳습니다. 동오는 군사를 일으키지 못합니다."

"왜 못 일으킨다는 것이오?"

"손권이 스스로 황제에 올라 신중하게 대처하는 것입니다. 이참에 촉을 치는 것이 맞습니다."

"역시 그렇군. 그렇다면 당장 시행하시오!"

조예가 군사를 일으키라고 명했다. 조진을 대사마로 임명하고, 사마의를 대장군으로, 유엽을 군사로 삼았다. 이들은 사십만 대군을 이끌고 검각으로 달려가 한중을 치기로 했다. 곽회와 손례도 군사들을 이끌고 한중으로 나아가게 했다.

이 사실은 곧 성도에 알려졌다. 제갈공명은 그새 병에서 회복되었고, 매일같이 군사들을 조련하며 진법을 가르친 상태였다. 말하자면 언제든지 군사를 일으킬 준비가 되어 있었다.

제갈공명이 왕평과 장의를 불러 명령을 내렸다.

"진창의 옛길을 지키면서 위군을 막도록 하시오!"

그러면서 내주는 군사가 고작 천 명이었다.

"승상, 위군은 팔십만 명이라고 허장성세를 부리는 마당입니다. 어찌 천 명의 군사로 대군을 막는단 말입니까?"

"군사를 많이 주고 싶지만 군사들이 고생할까 걱정되어 그러는 것이오. 싸움에서 그대들이 실수하는 것은 탓하지 않을 테니 어서 떠나도록 하시오."

두 장수가 눈물을 흘리며 비장하게 말했다.

"저희를 죽이시려거든 차라리 이 자리에서 죽이십시오. 이대로 어찌 떠난단 말입니까?"

"하하하, 그대들은 어찌하여 그렇게 겁이 많은가? 내가 다 생각이 있어서 하는 일인데."

"어떤 생각이십니까?"

"천문을 보니 이달 내로 큰비가 쉬지 않고 내릴 것이오. 사십만이 아니라 팔십만이 와도 험한 산속에 들어올 수가 없소. 그런데 우리가 많은 군사를 보내야 할 까닭이 있겠소?"

"아, 그렇게 깊은 뜻이……."

"한중에서 한 달 동안 편안히 쉰 다음에 위군이 물러날 때 대군을 몰고 들어가 습격하려는 것이오. 이것이야말로 편안히 앉아서 적이 지치길 기다리는 계책이지. 이렇게 하면 우리 군사 십만으로 적의 군사 사십만을 능히 물리칠 수 있소."

"승상, 저희가 어리석었습니다."

장수들이 밝은 얼굴로 절을 하고 물러갔다. 제갈공명은 마초와 군량을 준비하게 하고, 군사들에게 한 달을 버틸 의복과 곡식을 나눠 주고 출정일을 기다리게 했다.

이때 조진과 사마의는 진창성에 닿아 성안을 살펴보고 깜짝 놀랐다. 성안이 온통 폐허였던 것이다. 형체가 온전한 것이 없었다.

"이게 어찌 된 일이냐?"

백성들이 하나같이 대답했다.

"제갈공명이 돌아가는 길에 모든 집을 불태웠습니다."

학소에게 끔찍하게 당했던 걸 잊지 않았던 제갈공명이다. 진창성이 쉽사리 재건되는 걸 허용하지 않겠다는 의지였다.

사마의가 말했다.

"곧 비가 많이 올 기세요. 이대로 위험한 곳에 들어가면 큰 어려움을 겪을 수 있소. 성안에 움막이라도 지어 놓고 큰비가 그치길 기다리는 것이 좋을 것 같소."

조진은 사마의의 말을 따랐다. 이내 장마철이 되어 비가 쏟아지기 시작했다. 비는 한 달 가까이 계속되었다. 병기가 모두 젖고 먹일 풀도 없어서 말들이 죽어 나갔다. 군사들의 원성도 하늘을 찔렀다.

"이게 무슨 꼴인가? 온통 비에 젖었잖아."

"싸우다 죽으면 억울하지나 않겠네."

위주 조예는 비를 그치게 해 달라고 제사까지 올렸다. 하지만 비는 그치지 않았다. 각지에서 군사들을 후퇴시키라는 상소문이 올라왔다.

황제 폐하,

우리 위군이 출정한 지 한 달이 넘었는데 아직까지 길을 닦느라 힘만 쏟아

붓고 있습니다. 이건 우리가 지치기를 기다리는 촉군의 계략에 속는 것입니다. 부디 굽어살피소서!

사방에서 상소가 쏟아지자, 조예가 조진과 사마의에게 조서를 내려 돌아오라고 명했다.

사마의도 돌아가는 것이 낫겠다고 했다.

"하늘과 싸울 수는 없는 노릇입니다. 철수하는 게 좋겠습니다."

조진이 촉군의 추격을 걱정하자 사마의가 말했다.

"길 양쪽에 군사를 매복시킨 뒤 물러가면 걱정할 것이 없습니다."

위군이 후퇴를 준비할 때 마침 낙양에서 사자가 도착해 회군하라는 명을 전했다. 조진과 사마의는 곧 군사들을 후퇴시켰다.

가을장마가 멈추지 않자 제갈공명은 한 무리의 군사를 이끌고 성 밖에 주둔하고 있었다. 그때 왕평이 전령을 보냈다.

"위군이 퇴각하고 있습니다!"

장수들이 당장 쫓아가자며 흥분했다. 하지만 제갈공명은 왕평에게 사람을 보내 위군을 깨부술 계책이 있으니 절대 추격하지 말라는 명을 전했다.

장수들이 장막에 들어와 제갈공명에게 물었다.

"지금이야말로 기다리던 좋은 기회입니다. 지금 쫓아가야 합니다."

"맞습니다. 어찌하여 추격하지 않으십니까?"

제갈공명이 회심의 미소를 지으며 말했다.

"사마의는 용병에 능한 자요. 반드시 복병을 두고 후퇴했을 것이오.

지금 쫓아가면 그들의 계책에 말려드는 꼴이 되오. 그냥 멀리 달아나게 내버려 두었다가, 군사를 나누어 야곡으로 나아가 기산을 취하면 위군이 우리를 막을 수 없소."

그러자 한 장수가 물었다.

"장안을 취하는 길은 여러 가지가 있습니다. 그런데 어찌하여 기산만을 고집하십니까?"

"기산은 장안의 머리와 같은 곳이오. 농서 여러 고을에서 군사들이 오려면 반드시 기산을 거쳐야 하오. 군사를 매복하기에도 좋고 지형적으로 이점이 많기 때문에 기산을 취하려는 것이오."

마침내 제갈공명이 위연, 장의 등을 기곡으로, 마대, 왕평 등을 야곡으로 보내 다 같이 기산에 모이도록 명했다. 자신은 직접 대군을 이끌고 관흥과 요화를 선봉으로 삼아 뒤따라 나섰다.

그 무렵 조진과 사마의는 군마를 감독하며 맨 뒤에서 서서히 후퇴했다. 정탐꾼을 보내 후미를 살폈지만 촉군이 쫓아올 기미는 보이지 않았다. 열흘 동안 후퇴했는데도 촉군이 쫓아오지 않았다. 조진이 안심한 듯 사마의에게 말했다.

"비가 계속 내려 길들이 끊어졌기 때문에 우리가 퇴각하는 것을 모르는 것 같소."

"아닙니다. 곧 촉군이 올 것입니다. 날이 맑은데도 촉군이 오지 않는 것은 우리가 군사를 매복했을 거라고 짐작하기 때문입니다."

"그럼 어찌하겠다는 계략이오?"

"우리가 멀리 가면 쳐들어올 것입니다. 불시에 기산을 빼앗으려는 생각입니다."

"에이, 그럴 리가 있겠소? 우리가 코앞에 있는데 기산부터 먼저 빼앗는다고?"

사마의가 말했다.

"제 말을 믿으십시오. 공명은 반드시 기곡과 야곡으로 진군해 올 것입니다."

"만일 그렇다면 어찌해야 하오?"

"우리 두 사람이 성 하나씩 맡아서 지키면 될 일입니다."

"그래도 제갈공명이 오지 않으면 어찌할 것이오?"

사마의는 제갈공명의 입장에서 모든 걸 파악하고 있었다.

"열흘 안에 촉군이 안 오면 제가 얼굴에 분을 바르고 연지 찍고 치마저고리 차림으로 군영 뜰에서 죄를 달게 받겠소이다."

"좋소. 내기를 합시다. 촉군이 온다면 나는 황제가 주신 옥대와 말을 그대에게 드리겠소."

두 사람은 곧장 행동을 개시했다. 조진은 기산 서쪽의 야곡을 지키고, 사마의는 기산 동쪽의 기곡을 지키기로 했다.

사마의가 두루두루 영채를 둘러보며 시찰하고 있을 때였다. 한 장수가 하늘에 원망하는 소리가 들렸다.

"장마에도 돌아갈 생각을 않더니, 이제 이런 곳에 진을 치고 내기나 하고 있구나. 참으로 군사들만 불쌍하도다."

그 말을 듣고 사마의가 당장 장수들을 장막으로 불러 모았다. 그리고 하늘을 원망한 장수를 가리키며 말했다.

"네놈은 감히 나의 깊은 뜻을 알지도 못하고 하늘에 원망했단 말이냐?"

"저는 그런 원망을 한 적이 없습니다. 정말 억울합니다."

사마의가 자기를 지켜보았다는 사실을 모르는 장수는 아니라고 잡아떼었다.

"조정에서 천 날 동안 군사를 기르고 양육하는 것은 한때 유용하게 쓰고자 함이다. 어찌하여 네놈은 함부로 입을 놀려 군심을 흐트러뜨리느냐? 당장 저자의 목을 베어라!"

군사란 일정한 규율에 의해 움직여야 한다. 그렇게 하지 않으면 그 군사들은 목적한 것을 이루지 못하는 법이다. 사마의는 그것을 실천해 보였다. 무사들이 장수의 목을 베어 바치자, 다른 장수들은 등골이 오싹했다. 사마의가 불만 많은 부하 장령들에게 타이르듯 말했다.

"나는 지금 내기를 하는 것이 아니다. 촉군을 물리치고 너희들과 함께 공을 세워 돌아가려는 것이다. 함부로 원망하거나 화를 자초하는 자가 없기 바란다."

장수들이 풀이 죽은 채 말이 없자 사마의가 다시 말했다.

"사력을 다해 촉군을 막되 중군에서 신호가 가면 지체하지 말고 사면으로 진격하라!"

"예, 알겠습니다!"

한편, 위연은 이만 군사를 이끌고 조용하면서도 신속하게 기곡을 향해 진군했다. 그때 제갈공명의 명을 받은 등지가 위연과 장수들에게 달려왔다.

"무슨 일로 이리 급히 오시오?"

"승상의 명이오. 기곡에 반드시 위군이 매복해 있을 테니 경솔하게 움직이지 말라 하셨소."

진식이 그 말을 듣고 웃었다.

"위군은 비를 맞아 모두 비 맞은 생쥐가 되었을 터인데, 무슨 걱정이 그리 많단 말이오?"

그러자 등지가 꾸짖었다.

"승상의 계책이 어긋난 적이 없고 뜻을 이루지 못한 적이 없거늘, 그대는 어찌하여 명령을 어기려 하는가?"

"상보의 계책이 그렇게 잘 맞아떨어졌다면 가정을 잃지는 않았을 것 아닌가?"

듣고 있던 위연도 거들었다.

"지난번에도 내 말대로 자오곡으로 빠져나갔더라면 지금쯤 장안은 물론 낙양까지 우리 손에 넣었을 것이야. 이제 기어이 기산으로 가시겠다고 하면서 우리보고 나가지 말라니, 무슨 명령이 이렇단 말이오?"

그러자 진식이 기고만장했다.

"나는 오천 명의 군사를 이끌고 기곡을 거쳐 기산으로 가서 진을 치겠소. 그렇게 하여 공을 세우면 승상께서 부끄러워하는지 안 하는지 내 지켜볼 요량이오."

"그러지 마시오. 승상의 명을 따르시오!"

등지가 아무리 말려도 진식은 고집을 꺾지 않았다. 권력은 이렇게 조

98

금씩 실금이 가 물이 새는 둑과 같은 것이었다. 거듭되는 전쟁에도 성과가 나지 않자 장수들부터 피로해진 것이다. 등지는 이 사실을 알리기 위해 급히 돌아갔다.

진식은 기곡을 향해 거침없이 진군했다.

"자, 어서 가서 위군의 목을 베어 공을 세우자!"

하지만 얼마 못 가 사방에 숨어 있던 위군 복병과 마주쳤다.

"이, 이럴 수가!"

산골짜기 가득한 위군에게 포위된 진식은 좌충우돌하며 도망갈 길을 찾았다. 하지만 아무리 발버둥 쳐도 포위를 벗어날 수 없었다.

이때 위연의 군사들이 들이닥쳤다. 위연은 기진맥진한 진식을 구해 산골짜기를 빠져나왔다. 진식이 끌고 간 오천 군사는 거의 죽고 사오백 명만 겨우 도망쳤는데, 그들 역시 온전한 자가 없었다. 그런 중에도 위군의 추격은 계속되었다. 때마침 두경과 장의가 군사를 몰고 와 구해 주지 않았더라면 그들도 꼼짝없이 죽을 뻔했다. 진식과 위연은 제갈공명의 계략에 탄복하지 않을 수 없었다.

"아아, 승상의 명을 따랐어야 했어."

그 시각, 등지는 제갈공명에게 진식과 위연의 무례함을 알렸다. 그 말을 듣고 제갈공명이 웃었다.

"하하하, 위연이 반역할 상이라는 것은 진작부터 알고 있었소. 불평불만이 많다는 것도 알지만 그자의 용맹이 아까워 가까이 두었는데, 훗날 반드시 촉에게 해를 끼칠 인물이로군."

그때 전령이 소식을 전했다. 진식의 패전 소식이었다. 제갈공명이 등지에게 다시 명을 내렸다.

"진식을 좋은 말로 위로하고, 더는 어떤 변란도 만들지 말라고 전하시오."

그런 뒤 마대와 왕평에게 명을 내렸다.

"야곡에 위군이 지키고 있으면 산마루를 넘어가되, 낮에는 숨고 밤에만 행군해 기산 왼쪽에 가서 불을 올려 신호하라."

그리고 마충과 장익에게도 명했다.

"그대들은 소로로 나가 낮에는 숨고 밤에만 행군해 기산 오른쪽에 가서 불을 올려 신호하라. 마대, 왕평과 힘을 합쳐 조진의 영채를 공략하고 있으면 내가 야곡으로 쳐들어갈 것이다. 이렇게 삼면에서 치면 위군을 깨뜨릴 수 있다."

제갈공명의 작전을 수행하기 위해 장수들이 저마다 군사를 거느리고 앞으로 나아갔다.

그 시각, 조진은 촉군이 나타나지 않으리라 믿고 군사들을 마음 놓고 쉬게 했다. 그러면서 속으로 단단히 별렀다.

'흐흐, 열흘만 지나면 오만한 사마의를 부끄럽게 만들 수 있도다.'

그런데 이게 웬걸, 칠 일째 되는 날 한 군사가 달려와 알렸다.

"촉군이 나타났습니다!"

사마의의 예상이 들어맞고 말았다. 그런데 촉군의 공세치고는 좀 수상했다. 진량이 군사를 끌고 나가자 촉군이 곧 후퇴한 것이다. 오륙십 리나 쫓아갔을 때는 촉군이 아예 사라졌다. 진량은 군사들을 쉬게 한 뒤 정탐꾼을 풀어 주위를 살폈다.

조금 뒤 한 정탐꾼이 다급히 돌아와 알렸다.

"앞에 촉군이 매복해 있습니다!"

진량이 급히 말에 올라 사방을 둘러보자 산속에서 먼지가 자욱이 일며 말발굽 소리가 가까워졌다.

"적이 습격한다! 굳게 방비하라!"

진량의 외침은 곧바로 사방에서 터져 오르는 함성에 파묻혔다. 앞에서 오반과 오의가, 뒤에서 관흥과 요화가 군사를 휘몰아 덮쳐 왔다. 산골짜기라 도망갈 길이라곤 없는데 촉군이 외쳤다.

"어서 항복하라! 목숨은 살려 주마!"

위군은 싸울 기력을 잃고 대부분 말에서 내려 항복했다. 진량만이 사력을 다해 싸우다 요화의 칼에 맞아 죽었다.

제갈공명은 항복한 위군의 갑옷과 옷을 촉군에게 입혀 변장시켰다. 위군으로 가장한 촉군을 이끌고 조진의 영채를 습격하려 한 것이다. 그에 앞서 가짜 전령을 보내 조진을 안심시켰다.

"얼마 안 되는 촉군을 모조리 쫓아 버렸습니다!"

"아하하, 그럼 그렇지! 촉군이 나타날 리가 없지 않으냐? 사마중달은 크게 부끄러워해야 할 것이야."

그때 사마의가 심복 부하를 보내 왔다.

"위군이 매복계를 써서 촉군 사천 명을 죽였습니다. 내기 같은 건 염두에 두지 마시고, 온 힘을 다해 촉군을 막으라고 부탁하셨습니다."

조진이 목소리를 높였다.

"여기서는 촉군 코빼기도 볼 수 없는데 무슨 소리를 하는 게냐?"

그때 진량이 돌아왔다는 소식이 들렸다. 조진이 진량을 맞이하러 나가려 할 때 한 군사가 호들갑을 떨며 들어와 말했다.

"아, 글쎄, 영채 뒤쪽에서 느닷없이 불이 났습니다. 그것도 두 곳에서 말입니다."

조진이 혀를 차며 영채 뒤쪽으로 달려갔다. 그런데 이게 웬일인가? 관흥과 요화, 오반과 오의, 네 장수가 나는 듯이 달려들며 영채를 마구 짓밟는 것이 아닌가! 게다가 마대와 왕평이 뒤쪽에서 쳐들어오고, 마충과 장익도 군사를 휘몰아 쳐들어왔다. 아무런 준비 없이 당한 위군은 손한번 못 써 보고 사방팔방으로 흩어져 도망쳤다.

조진이 혼비백산하여 도망치는데 앞에서 한 떼의 군사가 나타났다. 이제 죽었구나 싶었는데, 다행히 사마의의 군사들이었다. 사마의의 군사들은 거세게 몰려오는 촉군을 겨우 막아 냈다.

사마의가 조진에게 말했다.

"제갈량이 기산 일대의 험한 산지를 점령했습니다. 이곳에 오래 머물 상황이 아니니 빨리 위수 강변으로 가서 영채를 세우고 훗날을 도모합시다."

"좋도록 하시오. 그나저나 내기에는 내가 지지 않았소? 약속한 물건을 드리겠소."

"내기 따윈 잊으십시오. 마음을 합쳐 나라를 지켜야 할 것 아니겠습니까?"

조진은 너무나 부끄러웠다. 수치심이 깊어지자 마음의 병이 되었다. 조진은 그예 자리에 눕고 말았다. 사마의는 군심이 어지러워져 군사들이 도망갈까 봐 후퇴하자는 제안도 못 하고 전전긍긍했다.

'아, 이를 어쩌면 좋은가?'

매번 제갈공명에게 도전했지만 번번이 그의 지략을 넘을 수가 없어 절망할 뿐이었다.

이때 제갈공명은 군사들을 위로하고 장수들을 장막으로 불러들였다. 위연과 진식, 두경, 장의가 땅에 엎드려 죄를 청했다.

"누구의 잘못으로 패한 것이오?"

"진식이 승상의 명을 어기고 자기 마음대로 골짜기로 들어가 패한 것입니다."

진식이 발끈했다.

"위연이 시킨 것입니다."

진식이 책임을 피하려 하자 제갈공명이 크게 꾸짖었다.

"위연이 너를 구했건만 너는 어찌하여 그를 물고 늘어지느냐? 너는 명령을 어겼기 때문에 살려 둘 수가 없다."

도부수들이 진식을 끌고 나가 목을 베었다. 위연도 목을 베었어야 했지만 살려 둔 것은 훗날 그의 무용을 쓰기 위함이었다. 나중에 이 결정은 큰 잘못으로 되돌아온다.

조진이 병에 걸려 영채에서 치료를 받는다는 소식을 들은 제갈공명은 기뻐했다.

"조진의 병세가 가볍다면 장안으로 돌아갔을 터인데, 그러지 않은 것을 보니 병세가 상당히 심각한 것 같소."

장수들이 의견을 내놓았다.

"군사를 정비해 한꺼번에 적을 쳐야 하지 않겠습니까?"

그러자 제갈공명이 말했다.

"그에 앞서 내가 편지 한 통으로 조진을 죽게 해보겠소."

장수들이 의아해 서로 얼굴을 쳐다보았다.

제갈공명은 지난번에 항복한 위군 포로들을 모아 놓고 말했다.

"너희들은 원래 위의 군사로서 고향 중원에 처자들이 있으니 촉에 오래 머물 수 없지 않겠느냐?"

"그렇습니다. 저희들은 빨리 가족 품으로 돌아가길 원합니다."

"내 너희들을 모두 돌려보내 주겠다."

"승상, 은혜가 하늘과 같습니다."

위군 포로들이 땅에 엎드려 절하며 기쁨의 눈물을 흘렸다.

"그 대신 너희가 할 일이 있다."

"분부만 내리십시오. 무슨 일이든지 하겠습니다."

"내가 조진과 약속한 것이 있다. 편지를 써 줄 테니 잘 가져가 전하기만 하면 된다. 그러면 훗날 큰 상을 내릴 것이다."

풀려난 위군들이 위군 영채에 돌아가 조진에게 편지를 전했다.

"제갈공명이 서신을 보내왔습니다."

조진은 간신히 몸을 일으켜 편지를 펼쳤다.

한나라 승상 무향후 제갈량은 대사마 조자단(조진의 자)에게 글을 보내노라.

무릇 장수라는 자는 버리고 취하는 데 능하며, 부드럽고 굳센 데에도 능하고, 나아가고 물러가는 데에도 능해야 한다. 천문을 미리 관찰해 가뭄과 장마를 알아야 하고, 지리에도 밝아야 한다. 전세를 잘 살펴 싸워야 할 때인지, 물러가야 할 때인지를 파악하고 있어야 한다.

또, 적의 장단점도 꿰뚫어 볼 줄 알아야 하는데, 그대처럼 배운 바가 없는 자가 무도하게 하늘을 거슬러 나라를 찬탈한 역적을 돕고 있구나. 그리하여 낙양에서 황제가 되도록 돕더니, 야곡에서 크게 패하여 도망치고, 진창에서 큰비를 맞아 곤경에 처하자 갑옷과 창과 칼을 들판에 버리고 수많은 인마를 죽게 만들었다.

도독(사마의)은 마음이 무너지고 쓸개가 터졌도다. 어리석은 그대는 쥐구멍을 찾듯 도망쳤구나. 이제 그대는 돌아가서 나이 많은 어른들을 어떻게 볼 것이며, 무슨 염치로 승상부의 청당에 오를 것인가?

사관들이 이 일을 모조리 역사에 기록할 것이고, 백성들이 소문낼 것이다. 중달은 싸움에 나가 두려워 떨었으며 자단은 바람 소리만 들어도 도망갔다고 할 테니, 이제 우리 측의 군사들은 막강하다. 진천을 휩쓸어 평지를 만들고, 위국을 소탕하여 완전히 폐허로 만들 것이니 기다리도록 하라.

서신을 읽은 조진은 울화가 치밀어 온몸이 부들부들 떨렸다.

"내 이런 모욕을 당하다니, 제갈량 이놈을 붙잡아 목을 베어도 시원치 않구나!"

편지에 쓰인 말 한마디 한마디가 가슴을 찌르고 목을 조여 왔다.

"으, 참으로 분하고 원통하도다! 하늘이 나를 돕지 않는구나!"

그날 밤 조진은 중한 병세에다 울화까지 치밀어 기어이 숨을 거두었다. 사마의는 조진의 관을 수레에 실어 낙양으로 보냈다.

시체가 되어 돌아온 조진을 본 조예가 분노했다.

"즉시 촉군을 궤멸시키라 명하라!"

전령이 사마의에게 명령을 전했다. 조예의 전서를 받은 사마의는 전투를 벌이자는 서신을 써서 제갈공명에게 전했다.

전서를 받은 제갈공명이 말했다.

"조진이 죽었구나. 당장 싸우자는 답장을 보내라."

다음 날 제갈공명은 기산에 있는 군사들을 거느리고 위수로 나아갔다. 한쪽으로 강물이 흐르고 한쪽으로 산이 이어져 있는 아득한 평야에 두 나라 군사들이 마주 보고 진을 쳤다. 사마의가 장수들을 거느리고 먼저 나타났다. 촉군에서는 사륜거에 앉은 제갈공명이 깃털부채를 들고 마주했다.

사마의가 먼저 제갈공명을 가리키며 질타했다.

"우리 황제께서는 요순의 일을 본받아 선위받은 뒤 이미 이 대째 중원을 통치하고 계신다. 그런데도 촉과 오를 받아 주시는 까닭은 황제께서 인자해 백성을 아끼기 때문이다. 남양에서 농투성이로 살던 너 같은 촌놈은 하늘의 뜻도 모르고 침략을 일삼아 세상을 어지럽히니, 지금 당장 죽어 마땅하다. 하지만 잘못을 깨닫고 군사를 물려 국경을 지키고 삼국이 정족지세를 이루게 한다면 백성들도 도탄에 빠지지 않을 것이고, 너희들도 귀한 목숨을 지킬 수 있다. 당장 물러감이 어떠한가?"

제갈공명이 크게 웃었다.

"아하하하! 일찍이 선제께서는 내게 탁고[†]의 중임을 맡기셨다. 따라서 나는 마음을 기울여 도적을 멸해야 할 의무가 있다. 너희 조씨들은 머지않아 한나라에게 멸망할 것이다. 더군다나 너의 조상은 한나라 신하가 아니었더냐? 한의 국록을 먹었으면서도 은혜를 갚을 생각은 않고 역적을 돕고 있으니, 사람의 탈을 쓰고 태어났으면 부끄러운 줄 알아야 할 것 아니냐?"

사마의가 제갈공명의 말에 얼굴을 붉혔다.

"내 너와 반드시 결판을 내겠다. 만약 네가 나를 이긴다면 나는 맹세코 대장 노릇을 하지 않을 것이다. 그 대신 네가 패하면 너는 고향으로 돌아가라. 그러면 해치지는 않겠다."

제갈공명이 물었다.

"나와 겨루겠다는데 장수로서 싸우겠느냐, 군사로서 싸우겠느냐? 그도 아니면 진법으로 싸우겠느냐?"

제갈공명이 선택하라고 종용했다. 놀라운 자신감이었다. 사마의는 머리싸움으로 실력을 겨뤄 보고 싶었다.

"진법이 좋겠다!"

탁고라는 말의 사전적인 의미는 고아의 장래를 믿을 만한 사람에게 부탁한다는 거야. 다시 말해 믿을 만한 사람에게 장래를 부탁한다는 뜻이지. 유비가 죽으면서 아들인 후주 유선을 신하들에게 부탁했으니, 부탁받은 신하들은 지켜야 할 의무가 있다는 뜻이지.

"그렇다면 그대가 먼저 진을 벌려 보아라!"

사마의가 진영으로 돌아가자마자 기를 들고 좌우의 군사들을 움직여 진을 늘여 세웠다. 순식간에 잘 훈련된 군사들이 진을 쳤다. 그러고 나서 자신감 넘치는 얼굴로 제갈공명에게 물었다.

"이 진법을 아느냐?"

제갈공명이 가소롭다는 듯 말했다.

"우리 군사들에게 그따위 진법은 이름 없는 장수도 쓸 수 있다. 혼원일기진(混元一氣陣) 아니더냐? 이번에는 내가 진을 펼쳐 보마."

제갈공명이 진지로 돌아가 진을 벌렸다. 역시 훈련받은 군사들이 명령대로 진을 짰다.

"자, 이 진법이 무엇인지 알겠는가?"

사마의가 코웃음을 쳤다.

"그까짓 팔괘진(八卦陣)†을 누가 모른단 말이냐?"

"그대가 내 진을 잘 아는 듯한데, 공격해서 깨뜨릴 수 있겠는가?"

"알고 있다. 충분히 깰 수도 있고."

"그렇다면 한번 깨뜨려 보시게."

사마의가 본진으로 돌아가 장수들에게 명령했다.

"지금 공명의 진에는 여덟 개의 문이 있다. 그대들은 동쪽의 생문으로 쳐들어가 서남쪽의 휴문으로 뚫고 나왔다가 다시 북쪽의 개문으로 쳐들어가면 된다. 그러면 진이 쉽게 깨진다."

그리하여 대릉과 장호와 악침, 세 장수가 각각 기병 삼십 명씩 모두 구십 명이 생문으로 쳐들어갔다. 양쪽 군사들이 일제히 함성을 내질렀다.

사마의가 명한 대로 기병이 제갈공명의 촉
진으로 들어갔지만 사면이 모두 성벽으로 이
어진 듯 꽉 막혀 있었다. 아무리 공격해도 빠
져나갈 방법이 없었다. 각 진마다 문투성이여
서 동서남북을 구분할 수조차 없었다.

"어디로 나가야 한단 말인가?"

세 장수가 이리 들이치고 저리 들이쳐도 빠
져나갈 길이 없었다. 오히려 구름이 드리우며
안개만 가득한 형국이었다. 그러면서 함성이
일어날 때마다 위군이 촉군에게 한 명씩 사로
잡혀 끌려갔다. 결국 제갈공명이 장막 안에 앉
아 있는데 구십 명의 군사와 대릉, 장호, 악침,
세 장수가 끌려왔다.

이들을 붙잡아 놓고 제갈공명이 웃으며 말
했다.

"너희들을 사로잡았지만 모두 돌려보내 주
겠다. 사마의에게 가서 전해라. 병서를 제대로
읽고 전술을 익힌 다음 다시 자웅을 겨루어도
늦지 않는다고 말이다. 목숨만은 살려 줄 테니
맨몸으로 돌아가라."

위군들은 무장해제 된 상태로 터덜터덜 걸
어서 돌아갔다.

삼국 시대에 싸움에 앞서 치는 진
은 무척 중요했어. 그 흔적은 지금
도 바둑에 남아 있지. 포석(布石)이
라는 말이 바로 그거야. 진을 치는
것은 포진(布陣)이라고 해. 진을 치
는 까닭은 군사들의 작전 능력을
최대로 끌어올리기 위해서야.
진법의 역사는 중국 고대 신화까지
거슬러 올라가는데, 황제가 치우와
싸울 때 이미 천신에게 진법을 배
웠다는 말이 나와. 이후 진법은 계
속 발전해 춘추 전국 시대의 《손자
병법》에도 열 가지 진형이 나오지.
그러다 삼국 시대에 제갈공명이 이
를 더욱 연구해 발전시켰어. 특히
팔괘진은 가장 유명한 진법이었어.

사마의의 분노가 하늘을 찔렀다.

"이렇게 창피를 당하고 어찌 돌아가겠느냐? 당장 촉군을 공격하라!"

사마의가 용감한 장수들과 함께 촉군을 치러 나갈 때였다. 적과 맞부 딪쳐 승패를 보려는데 갑자기 함성이 울리며 한 무리의 군사가 서남쪽 에서 쳐들어왔다. 관흥의 군사들이었다. 사마의가 당장 군사들을 내보 내 관흥의 군사들을 차단하는데, 또다시 매복해 있던 강유의 군사들이 쳐들어왔다. 이는 모두 사마의의 정신을 진법에 집중시켜 놓고 미리 군 사를 내보냈던 제갈공명의 전략이었다.

"아, 내가 제갈량과 겨루는 동안 허를 찔렸구나."

세 방면에서 공격하는 촉군을 상대하게 된 사마의는 몹시 한탄했다. 포위망을 빠져나가려 했지만 촉군은 빈틈이 없었다. 사마의가 죽을힘을 다해 남쪽으로 방향을 틀었다. 싸움은 볼 것도 없이 위군의 대패였다. 대부분 부상을 당해 온전한 군사를 찾아보기 힘들었다. 가까스로 군사 를 따돌린 사마의는 위수 남쪽에 영채를 세운 뒤 다시는 싸우려 들지 않 았다.

4
포기를 모르는 집념

제갈공명은 대승을 거두고 기산으로 돌아왔다. 그제야 기다리고 기다리던 군량이 도착했다. 이 군량은 사실 정한 날짜보다 열흘이나 늦게 도착했다.

제갈공명이 크게 화를 냈다.

"어찌 된 일인가?"

영안성의 이엄이 도위인 구안을 시켜 보낸 군량이었다. 그런데 술을 좋아하는 구안이 운송 도중에 술타령을 벌이느라 그만 늦게 도착한 것이다.

"군사들에게 가장 중요한 것이 군량이어서 사흘만 늦어도 목을 베느니라. 하물며 열흘이나 늦다니!"

제갈공명이 구안을 끌어내 처형하려 했다. 그런데 주변 사람들이 나서서 말렸다.

"승상, 구안은 이엄의 사람입니다. 군량이 서천에서 많이 나오는데, 만일 지금 이자를 죽이면 나중에 또 누가 군량을 운반한다고 나서겠습니까?"

"매로 다스려도 충분할 것입니다."

주변의 만류로 어쩔 수 없이 곤장 팔십 대를 치고 풀어 주었다. 구안은 자신의 잘못은 생각지도 않고 원한만 깊이 품었다.

'윽, 이 수모는 죽어도 잊지 않을 것이다.'

구안은 당장 기병 오륙 명을 이끌고 위군의 영채로 달려가 투항했다. 분을 참지 못해 배신자가 된 것이다. 사마의가 구안을 불러 항복한 까닭을 묻고는 꾀를 냈다.

"네 말이 사실이라 해도 공명이 워낙 꾀를 잘 부려 그대로 믿기 어렵구나. 만일 우리를 위해 공을 세운다면 너를 황제께 아뢰어 장수로 만들어 줄 수도 있다."

구안이 고개를 숙였다.

"무슨 일이든 하겠습니다. 시켜만 주십시오."

사마의가 은밀히 일렀다.

"너는 당장 성도로 가서 유언비어를 퍼뜨려라. 제갈공명이 원한을 품어 황제의 자리를 빼앗으려 한다고 말이다. 그래서 촉주가 제갈공명을 성도로 불러들인다면 네 공으로 삼겠다."

구안은 품에 귀중한 보물을 한 아름 넣고 성도로 길을 떠났다.

성도에서 구안은 황제 주위의 환관들을 만났다. 환관들에게 뇌물을 주고 헛소문을 흘린 것이다.

"제갈공명이 공을 세우려는 이유가 뭔지 아시오?"

"무엇이오?"

"조만간 나라를 빼앗고 스스로 황제가 되려는 것이오."

"그렇다면 큰일 아니오?"

"그런데도 황제께서 이런 사실을 모르신다는 게 문제입니다."

간사한 환관들은 황급히 황실에 들어가 구안에게 들은 소문을 황제에게 아뢰었다. 후주 유선은 깜짝 놀랐다.

"아아, 어찌하면 좋을꼬? 모든 것을 승상에게 맡겼는데……. 선제께서 승상을 아버지 모시듯 하라 이르셨건만……."

환관들이 옆에서 속삭였다.

"폐하, 즉각 조서를 내리십시오. 승상을 성도로 돌아오게 한 다음 병권을 빼앗으면 반란을 일으킬 수 없습니다."

"그것이 좋겠다. 성도로 돌아오라는 조서를 보내라!"

어리석은 황제 유선의 명에 따라 사신이 기산으로 향했다. 사신이 조서를 전하자 제갈공명은 하늘을 우러르며 탄식했다.

"아, 주상께서 나이 아직 어리신데 벌써 주변에 간신배들이 들끓는구나. 이제 겨우 공을 세울 수 있게 되었는데 어찌하여 야속하게 돌아오라 하시는가?"

제갈공명은 보지 않고도 궁에서 무슨 일이 벌어졌는지 훤히 들여다 본 듯했다.

곁의 장수들이 권했다.

"무시하시고 계속 공을 세우십시오. 그러면 폐하께서도 나중에 진실을 아시게 될 것입니다."

"아니다. 돌아가지 않으면 폐하의 명을 거역하게 된다."

"그래도 공을 세우면 다 용서하실 겁니다. 끝이 좋으면 다 좋은 것 아니겠습니까?"

"오히려 세운 공도 의미가 없어지지. 그렇다고 이대로 돌아갈 수도 없도다. 전세가 유리하여 이런 기회를 다시 잡기 어려운데……. 아아, 안타깝구나!"

"이대로 물러가시면 사마의가 틀림없이 뒤를 칠 것입니다."

그러나 제갈공명은 이미 마음을 정했다. 불충한 신하가 되는 것만은 스스로 용납할 수 없었다.

"군사를 다섯 길로 나누어 후퇴하시오. 오늘은 본채를 뒤로 물리되 영채 안의 군사가 천 명이면 밥 짓는 아궁이를 두 배로 파도록 하시오. 오늘 이천 개를 팠으면 내일은 삼천 개, 모레는 사천 개를 파는 식으로 하며 물러가면 될 것이오."

양의가 의아해 물었다.

"과거에 손빈이 방연을 잡을 때 군사 수를 늘리며 아궁이를 줄여 적을 방심하게 했다는 말은 들었지만 아궁이를 늘린다는 말은 처음 듣습니다. 무엇 때문입니까?"

"사마의는 용병에 능한 자라 우리가 복병을 두었는지 의심해 아궁이 수를 헤아릴 텐데, 아궁이 수를 늘리면 우리가 군사를 물렸는지 아닌지 갈피를 못 잡을 거요. 그러면 위군이 마음 놓고 추격하지 못할 테니, 우리는 군사를 잃을 일이 없소."

제갈공명의 지략에 따라 촉군은 서서히 후퇴했다. 사마의는 구안을 내세운 꾀가 적중하리라 믿었기 때문에 제갈공명이 후퇴할 것을 예견하고 있었다.

"제갈공명이 군사를 물리면 즉시 추격하도록 하자!"

사마의는 때를 기다렸다. 아니나 다를까, 얼마 뒤 촉군이 후퇴한다는 소식이 들려왔다.

"내가 직접 가서 살펴봐야겠다."

사마의가 촉군이 떠난 영채를 찾아 아궁이 수를 헤아렸다. 그다음 날도 촉군이 더 후퇴한 곳으로 전진해 아궁이 수를 헤아렸다.

"이상하게도 아궁이 수가 늘었습니다!"

"거참, 희한하구나."

"영문을 알 수 없습니다. 후퇴하는 군사들은 아궁이 수가 줄게 되어 있는데……."

당시 전장에 나선 군사들이란 전쟁터에서 한몫 잡으려는 한탕주의 의식이 강했다. 그렇기에 패하는 전쟁에서는 쉬 도망가고 쉬 흩어지게 마련이었다.

"지략이 뛰어난 제갈공명에게 역시 간계가 있었던 게야. 후퇴하는 듯했지만 군사 수가 늘었으니 섣불리 추격했다가는 큰일 날 뻔했소. 후퇴했다가 형세를 보아 신중하게 처신하는 것이 좋겠소."

사마의가 물러나는 바람에 제갈공명은 군사 하나 잃지 않고 성도로 돌아왔다. 훗날 이 소식을 들은 사마의가 한탄했다.

"아, 공명이 우후†가 사용한 전략을 본받아 나를 속였구나. 나는 도저히 그의 지략을 따를 수가 없도다. 낙양으로 돌아가자."

사마의는 낙심한 채 낙양으로 돌아갔다.

성도로 무사히 회군한 제갈공명은 삼군에게 후한 상을 내렸다. 그리고 후주를 알현해 물었다.

"노신이 장안을 도모하려 했는데, 갑자기 폐하께서 조서를 내려 돌아왔습니다. 무슨 일이 난 것입니까?"

후주 유선이 잠깐 말이 없다가 입을 열었다.

"별일 없습니다. 제가 상보를 뵌 지 오래되어 특별히 뵙고자 했던 것입니다."

당황하는 유선의 얼굴을 살피고 난 제갈공명은 깨달았다.

"폐하의 본심이 아닌 것을 알고 있습니다. 간신들이 분명 저를 헐뜯는 말을 했을 것입니다."

"……."

후주 유선은 대답을 하지 못했다.

"노신은 일찍이 선제의 은혜를 입어 몸이 부서져도 보답하기로 맹세했습니다. 하지만 이처럼 궐내에 간신들이 들끓는다면 그 약속을 지킬 수가 없습니다."

"짐이 경솔했소. 환관들의 말만 믿고 상보를 부른 것이오. 정말 후회스럽고 어리석기 짝이 없는 일이오."

"이 일은 제가 단단히 처리하도록 하겠습니다."

제갈공명은 환관들을 엄중히 문책하여 마침내 구안이 이 모든 일을 저질렀다는 사실을 알게 되었다.

"이래서 그자의 목을 벴어야 했는데⋯⋯."

제갈공명이 구안을 잡으려 했지만 구안은 이미 위나라로 도망간 뒤였다. 공명은 이 일에 연루된 환관들의 목을 베고 나머지는 궐 밖으로 쫓아냈다. 또한 장완과 비의를 불러 황제를 제대로 보필하지 못한 책임을 물어 꾸짖었다.

"간사한 무리들로부터 황제를 보호하라고 내 신신당부했거늘, 어찌하여 이런 일을 막지 못했는가?"

"저희들이 눈과 귀가 어두워 일어난 일입니다. 그저 송구할 따름입니다."

장완과 비의가 깊이 사과했다.

제갈공명은 다시 하직을 알린 뒤 한중으로 나아갔다. 그의 머릿속에는 오로지 한나라 황실을 복원하겠다고 한 약속을 지켜야 한다는 생각뿐이었다.

우후는 후한 사람으로 강족 군사들이 쳐들어오자 군대가 도착할 때를 기다렸다가 출정할 것이라고 거짓 선언했어. 그러자 강족은 마음 놓고 군대를 분산해 주변의 현들을 노략질했지. 그때를 틈타 우후가 밤낮으로 군사를 움직여 백여 리를 나아간 뒤 아궁이를 두 배씩 만들도록 했어. 처음에는 두 개, 다음 날에는 네 개, 그다음 날은 여덟 개로 늘렸지. 그것을 보고 군사가 기하급수적으로 늘어난다고 생각해 두려워한 나머지 강족이 도망쳤다고 해. 한마디로 기만술로 지혜롭게 적을 물리친 거야.

그러나 계속되는 전쟁에 군사들은 피곤이 쌓였다. 제갈공명이 장수들을 불러 출정을 의논할 때 양의가 지혜를 동원했다.

"승상, 쉬지 않고 전투가 이어져 군사들의 피로가 쌓였습니다. 게다가 군량도 부족한 상태입니다. 차라리 우리가 가진 이십만의 군사를 절반으로 나누어 십만 명만 기산으로 보내 지키게 하고, 석 달 뒤에 십만 명을 보내 교대하게 하는 것이 어떻겠습니까? 그리하면 병사들도 피곤이 풀리고 군량도 확보할 수 있습니다. 그때 중원을 도모하는 것이 지혜롭지 않겠습니까?"

오늘날로 치면 예비군을 두자는 취지였다. 제갈공명이 고개를 끄덕였다.

"그대의 전략이 마음에 드오. 중원 정벌이 하루아침에 이루어지는 것이 아니니 시간을 가지고 도모해야겠소."

그에 따라 군사를 나누어 백 일 단위로 교대하며 기산을 지키도록 전군에게 명령을 내렸다.

이윽고 건흥 9년(231) 2월 봄이 되었다. 제갈공명은 휴식을 취한 뒤 다시 군사를 이끌고 위를 정벌하러 장도에 올랐다. 제갈공명의 집념은 그 누구도 따를 수 없었다.

소식이 알려지자 위주 조예가 사마의를 불렀다.

"촉군이 중원을 치러 온다 하오. 어찌하면 좋겠소?"

사마의가 앞으로 나서서 말했다.

"자단이 없는 지금 신이 혼자서라도 있는 힘을 다해 역적을 무찌르겠습니다!"

"그대만 믿겠소. 당장 군사를 일으켜 촉군을 막으시오!"

사마의가 장안으로 달려가 여러 방면에서 달려온 군사를 정비했다. 그리고 촉을 물리칠 계책을 의논했다. 장합이 군사를 거느리고 가서 미성과 옹성을 지키면서 촉군을 막겠다고 하자 사마의가 말했다.

"우리가 전군(前軍)만으로도 촉군을 당해 내기 어렵고, 군사를 앞뒤로 나누어도 이기기가 쉽지 않소. 차라리 상규 땅에 일부 군사를 남겨 두고 나머지 군사를 기산으로 움직이는 편이 나을 것 같은데, 그대가 선봉을 설 테요?"

장합이 크게 기뻐했다. 아직까지 이렇다 할 공을 못 세운 그였다. 중임을 맡은 장합이 선봉으로 나서서 적군을 향해 나아갔다.

그때 정탐꾼이 촉군의 진로를 알려 주었다.

"제갈공명이 기산을 향해 달려오고 있습니다. 선봉인 왕평과 장의는 진창으로 나와 검각을 지나고 산관을 거쳐 다시 야곡으로 달려오고 있답니다."

사마의가 장합에게 말했다.

"지금 적들의 행로는 농서의 밀을 베어 군량으로 삼으려는 계획 아래 정한 것이오. 그대는 기산에 영채를 세우고 지키면서 기회를 보고, 나는 곽회와 함께 천수 땅 여러 지역을 지켜 촉군이 밀을 얻지 못하게 막을 것이오."

그에 따라 장합은 군사 사만 명을 거느리고 기산을 지키기로 하고, 사마의는 농서 지방으로 대군을 이끌고 나아갔다. 제갈공명은 위군이 위수 쪽을 삼엄하게 방비한다는 소식을 듣고 부하 장령들에게 말했다.

"사마의가 나와 생각이 같구려. 우리가 몰래 군사를 이끌고 나가 농서 지방의 밀을 베어야 하는데, 우리 속셈을 알아차린 모양이오. 빠르게 움직여야겠소."

제갈공명은 왕평과 장의, 오반, 오의 등 장수에게 기산의 영채를 지키도록 한 뒤 노성으로 향했다. 노성 태수는 제갈공명이 나타나자 두려워 저항도 하지 않고 항복했다. 제갈공명이 밀의 작황을 묻자 그가 순순히 대답했다.

"농상 땅의 밀이 잘 익었습니다."

제갈공명은 장익과 마충에게 노성을 방어하라 이른 뒤 직접 농상으로 향했다. 그러나 들려오는 소식은 좋지 않았다.

"위군이 벌써 그곳을 지키고 있습니다."

"내가 올 것을 미리 알고 있었구나. 최선이 아니면 차선책이 있는 법이다."

제갈공명이 옷을 갈아입더니 미리 만들어 온 사륜거 석 대를 끌고 오게 했다. 사륜거는 큰 바퀴 네 개가 있어서 험한 길도 쉽게 내달릴 수 있게 설계되었다. 이번에 가져온 사륜거 또한 공명이 늘 타던 것과 모양이나 장식이 같았다.

제갈공명이 명령을 내렸다.

"사륜거마다 힘 좋은 군사를 스물네 명씩 배치하라. 그들에게 검은 옷을 입히고, 맨발에 머리를 풀고 칼을 찬 채 좌우에서 호위하며 사륜거를 밀게 하라."

"그러면 귀신처럼 보이지 않겠습니까?"

"내가 바라는 것이 바로 그것이다."

귀신 형상을 한 병사들이 좌우에서 사륜거를 밀고, 앞에서 칠성기†(북두칠성을 수놓은 깃발)를 날리며 똑같은 수레 석 대가 제갈공명을 호송했다. 세 명의 제갈공명이 만들어진 셈이었다.

"자, 이제 삼만 군사가 저마다 밀을 벨 수 있게 낫과 새끼줄을 준비하라!"

준비를 마치자, 제갈공명이 사륜거를 타고 앞으로 나아갔다. 제갈공명을 호위하는 병사들이 귀신 같은 형상을 하고 위군 영채로 다가가자, 위의 척후병들은 사람인지 귀신인지 분간 못 하고 화들짝 놀랐다.

군사들이 허둥거리며 달려가 사마의에게 보고했다.

"귀, 귀신 병사들이 몰려옵니다요!"

"그게 무슨 소리냐?"

사마의가 영채 밖으로 나왔다. 제갈공명이 손에 깃털 부채를 들고 학창의 차림으로 단정하게 사륜거에 앉아 있는 모습이 멀찍이 보였다. 주변에서 스물네 명의 군사가 산발한 채 맨발에 칼을 들고 수레를 밀며 호위했고, 앞선

여기서 잠깐!!

제갈공명의 종교는 무엇이었을까? 여기서도 알 수 있듯이 공명은 도교의 추종자였어. 복장도 그렇지만 칠성신을 추종한다는 사실로도 알 수 있지. 칠성신은 오래전부터 인간의 수명을 관장하는 신으로 받들어졌어. 병 없이 장수하는 것도 칠성신이 허락해야 가능한 일이야. 어린아이의 수명을 수호하는 신으로도 여겨지고 있어.

자가 검은 칠성기를 흔들며 나오는데 그 모습이 귀신 형상과 조금도 다름없었다.

"제갈량이 괴이한 짓을 하는구나. 당장 무찔러 버려라!"

사마의가 명령을 내리자, 이천 명의 군마가 나서서 일제히 제갈공명을 추격했다. 그때 느닷없이 바람이 불고 돌멩이가 날리더니 주변이 온통 안개에 휩싸였다. 위군은 한참 동안 수레를 뒤쫓았다. 하지만 어찌된 일인지 제갈공명 일행을 도무지 따라잡을 수가 없었다. 말을 타고 쫓는데 수레를 따라잡지 못한다는 건 있을 수 없는 일이었다. 위군은 하나같이 소름이 돋았다.

"이상한 일이로다. 우리가 삼십 리나 쫓아왔는데 거리가 좁혀지지 않잖아."

위군이 쫓기를 멈추자 제갈공명의 수레가 다시 돌아섰다. 이를 본 위군이 다시 추격하자 제갈공명의 수레가 슬그머니 돌아서 다시 도망쳤다. 십 리를 더 쫓아가도 거리가 좁혀지지 않았다. 위군이 당황하여 허둥거릴 때 사마의의 군사들이 다가와 명령했다.

"멈추어라! 쫓아가지 마라!"

당황한 위군에게 사마의가 명령했다.

"제갈공명은 팔문둔갑법†에 아주 밝아 육정육갑의 신을 부린다. 아마 공명이 축지법을 쓰는 듯하다. 아무리 기를 쓰고 쫓아도 잡을 수가 없다. 돌아가자!"

사마의의 명에 따라 말을 돌리려 할 때였다. 갑자기 왼쪽에서 군사들이 쏟아져 나왔다.

"사마의는 꼼짝 마라!"

위군이 황급히 그들을 막아서는데, 그 안에서 또 제갈공명이 스물네 명의 장정과 함께 사륜거를 타고 나타난 것이 아닌가.

깜짝 놀란 사마의가 말했다.

"아니, 우리가 오십 리나 쫓던 제갈공명이 어찌하여 이곳에 나타났단 말이냐?"

그때 다시 오른쪽에서 북소리와 함께 군사들이 나타났다. 역시 그 속에도 제갈공명이 탄 사륜거가 있었다. 사마의의 군사들은 혼이 나가고 넋을 잃을 지경이었다.

"아, 귀신이 분명하다! 도망쳐라!"

북소리와 함께 군사들이 나타나는데 제갈공명이 여기에도 있고 저기에도 있으니, 귀신이 아니고야 도무지 설명할 길이 없었다. 위군들은 온몸이 얼어붙은 듯 오싹해 싸울 기력을 잃고 말았다. 사람인지 귀신인지도 알 수 없을뿐더러 군사들이 많은지 적은지도 가늠되지 않았다. 겁에 질리고 오금이 저린 군사들을 겨우 물려 상규성으로 도망간 사마의는 일절 영채 밖으로 나오려 하지 않았다. 귀신을 상대해 싸울 수는 없는 노릇이었다.

여기서 잠깐!!

팔문둔갑법은 음양이나 점술에 능한 사람이 귀신을 부리는 술법을 말해. 팔문은 개문(開門), 휴문(休門), 생문(生門), 상문(傷門), 두문(杜門), 경문(景門), 경문(驚門), 사문(死門)인데, 이 여덟 가지 문은 각각 '승리하는 문', '피해를 입는 문', '패배하는 문'을 뜻해. 《삼국지연의》에서는 병사들을 가지고 짜는 진형으로만 등장하지. 전법에 의하면 실존했던 진형은 아니야. 그저 민간의 주술적인 내용이 후대에 삽입되면서 차용된 진법이야. 한마디로 완벽한 신의 경지에 오른 진법이라고 보면 돼.

제갈공명이 위군을 홀리는 사이에 삼만 명의 촉군은 농상 일대의 밀을 모조리 거두어들인 다음 노성으로 운반해 식량으로 확보했다.

상규성에서 나오지 못하던 사마의는 사흘 뒤에야 정탐 나갔던 군사들을 통해 소식을 듣게 되었다. 제갈공명이 석 대의 수레를 가지고 교란 작전을 벌였고, 모두 다 귀신 병사가 아니라 위장한 군사였다는 것이다.

사마의는 다시 한 번 하늘을 우러르며 탄식했다.

"공명의 계략은 참으로 오묘하고 신묘하도다. 보면 볼수록 놀라지 않을 수가 없구나."

이때 부도독 곽회가 다가왔다.

"지금 촉군이 밀을 타작하는데 공격을 감행하시지요."

"안 되오. 내가 저들에게 당한 일을 듣는다면 감히 치자는 말을 못 할 것이오."

그러나 이야기를 듣고 난 곽회가 웃으며 말했다.

"저자들이 우리를 어떻게 속였는지 이미 알았는데 또 속이겠습니까? 제가 군사를 이끌고 적의 뒤를 칠 테니 앞쪽에서 공격하십시오. 그러면 노성도 빼앗고 제갈공명도 사로잡을 수 있습니다."

혼이 나갔던 사마의도 곽회의 말을 듣고 정신을 차렸다.

"좋소. 이대로 놔둘 수는 없으니 해봅시다."

사마의가 군사를 둘로 나누어 노성으로 진격했다. 노성에서 밀 타작을 하던 제갈공명이 장수들을 불러 놓고 작전을 짰다.

"오늘 밤에는 적의 기습이 있을 것이오. 동쪽과 서쪽의 밀밭에 복병을 둘 생각인데, 누가 나가겠소?"

장수들이 일제히 나섰다.

"저희들이 가겠습니다!"

제갈공명은 기뻐하며 강유, 위연, 마충, 마대에게 각각 군사를 이천 명씩 내주고 숨어 있으라고 명했다.

군마를 이끌고 도착해 노성을 올려다보던 사마의는 밤에 기습하기로 마음먹었다. 군사들이 성 밖에 머무는 동안 곽회의 군사들이 도착했다. 군사들은 함성을 지르며 노성을 철통같이 둘러쌌다. 그러자 성안에서 촉군이 화살을 쏘아 댔다. 위군이 감히 진격하지 못하고 머뭇거릴 때였다. 갑자기 화포가 터지며 군사들이 들이닥쳤다.

"무슨 군대냐?"

포성에 놀란 위군은 어디에서 군사들이 들이닥치는지 몰라 허둥거렸다. 그때 밀밭에서 불길이 치솟으며 네 방면에서 촉군이 밀려 들어왔다. 동시에 성의 네 대문에서도 군사들이 호응하여 쫓아 나왔다. 위군은 앞뒤로 포위되어 죽거나 다친 군사들의 수를 헤아리기도 어려웠다.

사마의는 패잔병을 이끌고 죽기 살기로 살길을 찾아 빠져나왔다. 곽회도 패잔병을 이끌고 산을 돌아 몸을 숨겼다. 눈 뜨고 보기 참혹한 대패였다. 제갈공명은 곧바로 성안으로 들어가 성의 네 귀퉁이에 영채를 세워 지키게 했다.

곽회가 분통이 터져 사마의에게 말했다.

"우리는 대책도 없이 촉군에게 달려든 꼴이 되었습니다. 목숨을 잃은 군사가 삼천입니다. 하지만 여기서 저들을 물리치지 않으면 나중에는 더더욱 물리치기 힘들 것입니다."

사마의도 넋이 나가 곽회에게 물었다.

"그대에게 계책이라도 있소?"

곽회가 계책을 내놓았다.

"옹주와 양주에 격문을 띄워 구원을 청하시지요. 나는 검각으로 가서 적의 퇴로를 끊고 군량 운반 길을 막겠습니다. 그럼 적들이 혼란에 빠질 테니 그때 섬멸하시죠."

"그거 좋은 생각이오!"

사마의는 곽회의 계책에 따라 옹주와 양주의 군마들을 청했다. 하루가 지나지 않아 손례가 군사들을 이끌고 도착했다. 사마의는 손례에게 검각으로 간 곽회를 도우라고 명했다.

노성에서 위군을 기다리던 제갈공명은 아무리 기다려도 적이 오지 않자 마대와 강유에게 말했다.

"저들이 우리를 치지 않는 것은 양식이 떨어지기를 기다리면서 동시에 검각을 쳐서 군량을 끊기 위함이오. 그대들에게 각각 만 명의 군사를 내줄 터이니 가서 검각의 험한 길목을 차지하시오. 우리가 미리 지킨다는 것을 알면 저들은 물러갈 것이 분명하오."

두 장수가 떠나자 장사 양의가 들어왔다.

"승상, 백 일 기한으로 교대하기로 해서 한중의 군사들이 이미 서천어귀를 떠났답니다. 팔만 군사 가운데 사만을 교대시킬 생각인데, 어찌하실 예정이십니까?"

"이미 영을 내렸으니 교대하도록 하시오."

군사들이 돌아갈 준비를 하느라 촉군 진영이 부산했다. 그때 위나라 장수 손례가 이십만 군사를 이끌고 검각을 치러 떠났고, 사마의가 노성을 치러 온다는 소식이 들렸다.

"앗, 이를 어쩌지?"

"교대해 고향으로 가야 하는데……."

고향으로 돌아갈 생각에 마음이 들떠 있던 촉의 군사들은 당황했다. 군사들이 불안해하자 양의가 제갈공명에게 물었다.

"위군이 쳐들어오고 있습니다. 비상 상황이니 일단 이 군사들로 적군과 맞서 싸우게 하고 나서 군사를 교대시키시지요."

그러나 제갈공명은 원칙주의자였다.

"안 될 말이오. 나는 군사들에게 신의로 명령했소. 한번 약속한 것을 어긴다면 그들이 어찌 내 말을 듣겠소? 돌아가야 할 자들은 빨리 돌려보내시오. 가족들이 기다리지 않겠소? 내가 아무리 큰 어려움에 처했다 해도 그들을 붙잡아 목숨을 빼앗을 수는 없소."

장수들은 어쩔 수 없이 기한이 찬 군사들은 즉시 떠나라고 명했다. 그러자 군사들이 오히려 감격했다.

"승상께서 이처럼 은혜를 베푸시는데 저희들이 어찌 이대로 돌아가겠습니까? 목숨 걸고 위군을 무찔러 은혜에 보답하고 싶습니다. 돌아가지 않겠습니다!"

군사들의 힘찬 목소리가 쩌렁쩌렁 울렸다. 그런데도 제갈공명은 고개를 저었다.

"너희들은 집에 돌아가야 한다. 왜 여기 있겠다고 하는 것이냐? 어서 돌아가라!"

그러자 군사들이 일제히 외쳤다.

"승상과 함께 있겠습니다!"

제갈공명은 큰 감동을 받았다. 자신의 마음이 통한 것이다.

"좋다! 너희들의 충성을 받아들인다. 나와 함께 싸우기를 바란다면 지금 당장 성 밖으로 나가 영채를 세우고 적이 오자마자 공격하라! 그 것이 바로 피곤에 지쳐 다가온 적을 편안하게 맞아 싸우는 법이니라."

군사들은 기쁜 마음으로 병기를 들고 성 밖으로 나가 진을 쳤다. 이 때 촉을 치러 오는 서량의 군사들은 이틀 길을 하루에 달려오느라 몹시 지쳐 있었다. 그들은 노성에 도착해 영채를 세우고 한숨 돌린 다음 촉군 을 공격하려 했다.

"위군을 무찔러라!"

그런데 도착하자마자 촉군이 노도처럼 달려들어 용맹무쌍하게 덮치 는 것이 아닌가? 촉군의 기세는 하늘을 찌르고도 남았다. 지친 옹주와 양주 군사들은 그저 맥없이 당하는 수밖에 없었다.

"후퇴하라!"

위군이 도망치자 촉군은 더욱 분발하여 기세를 올렸다. 산과 들에 위 군의 시체가 널브러졌다. 촉군의 대승이었다.

"그대들의 충성으로 우리가 크게 이겼다! 감사할 따름이다!"

제갈공명이 성을 나가 승리한 군사들에게 상을 내리고 노고를 치하 했다.

이때 영안의 이엄으로부터 급보가 날아왔다. 사자가 가져온 서신에 는 놀라운 소식이 들어 있었다.

들리는 소문에 의하면, 동오에서 낙양으로 사신을 보내 위와 화친을 맺었다 하옵니다. 그러자 위가 동오에게 촉을 치라 했는데, 아직 동오는 군사를 일으키지 않았습니다. 제가 탐지한 소식을 감안하셔서 승상께서 좋은 대책을 세우소서.

동오가 쳐들어온다면 촉으로서는 대책이 없었다. 하지만 제갈공명은 서신을 읽고 의아하게 생각했다. 정세를 따져 볼 때 그런 일은 일어날 수 없었다. 지금까지 동오와의 관계는 좋았다. 두 나라의 공적은 위였다. 하지만 위와 촉이 소모전을 벌이는 이때 동오가 어부지리를 노릴 수도 있겠다는 생각이 들었다. 혹시 모른다는 마음에 제갈공명은 신속히 돌아가기로 결심했다.

"동오가 군사를 일으켜 촉으로 쳐들어온다면 우리는 지체할 수 없다. 돌아가도록 하자."

결단을 내린 제갈공명이 사마의가 추격하지 못하도록 후속 대책을 마련했다.

"기산에 전령을 보내 군사들을 서천으로 물러나도록 하라. 내가 여기 있는 줄 알기에 사마의가 뒤를 추격하지 못할 것이다."

제갈공명은 왕평과 장의, 오반, 오의에게 두 길로 나누어 군사들을 서천으로 퇴군시키라고 명했다.

물러가는 촉군을 보고 장합이 의아해했다.

"촉군이 왜 갑자기 철군하는 거지?"

위군은 촉군의 퇴군을 지켜보면서도 무슨 계책이 있지 않을까 싶어 추격하지 못했다. 위군 장수 위평이 답답한 듯 사마의에게 말했다.

"어서 추격해야 합니다."

"이유를 알 수가 없다. 그냥 뒤를 비우고 물러갈 리 없지 않으냐?"

"그렇지만 도망치는 적을 놔주는 건 병법에도 없는 일입니다."

부하 장수들이 아무리 졸라도 사마의는 군사들을 경솔히 움직이지 말라며 허락하지 않았다.

제갈공명은 기산의 군사들이 무사히 퇴각했다는 보고를 받고 마충과 양의를 불러 조용히 밀계를 주었다.

"그대들은 검각의 목문 길에 궁노수 만 명을 숨겨 놓아라. 위군이 추격해 오면 포성으로 신호할 테니 돌과 나무를 굴려 길을 끊은 뒤 활로 적을 섬멸하라."

이어 위연과 관흥에게는 뒤를 끊도록 지시했다. 그리고 군사들에게 성 위 사방에 정기를 꽂고 건초에 불을 붙여 사람이 많이 머무는 것처럼 보이도록 하라 이른 뒤 대군을 거느리고 길을 나섰다.

하지만 얼마 안 가 사마의가 그런 동향을 눈치챘다. 사마의는 성이 빈 것을 확인하고 크게 기뻐했다.

"제갈공명이 물러갔다. 누가 추격하겠는가?"

"제가 가겠습니다!"

선봉장 장합이 나섰다.

"그대는 성미가 급해 걱정인데 가능하겠소?"

"저를 선봉으로 삼지 않으셨습니까? 공을 세울 수 있게 해주십시오."

"촉군은 분명히 복병을 두었을 것이오. 조심해야 하오."

사마의가 오천 명의 군사를 내주며 허락했다. 그러면서 위평에게 보병 이만 명을 이끌고 뒤따르도록 지시했다. 사마의 자신도 삼천 명의 군사를 이끌고 따르기로 했다.

장합이 삼십여 리를 쫓아갔을 때 갑자기 수풀 속에서 위연이 군사들과 함께 나타났다.

"네 이놈, 게 서라!"

장합과 위연이 맞붙었다. 십여 합을 싸우고 나자 위연이 안 되겠다 싶었는지 냅다 달아났다. 장합이 삼십 리쯤 쫓아가 경계하며 좌우를 살폈지만 복병은 보이지 않았다. 장합이 그대로 말을 휘몰아 위연의 뒤를 바짝 쫓았다. 그런데 산모퉁이를 돌아설 때쯤 갑자기 큰 칼을 비껴든 관흥이 나타났다.

"장합은 꼼짝 마라! 너를 기다리고 있었다!"

장합이 관흥을 맞아 몇 합 겨루었다. 하지만 관흥 역시 말머리를 돌려 도망쳤다. 장합이 기세를 올리며 쫓아가자 다시 위연이 나타났고, 싸우다 쫓아가면 다시 관흥이 나타났다. 그렇게 쫓아가면 도망치고 쫓아가면 도망치기를 몇 차례 반복했다.

"이자들이 무슨 계략으로 나를 놀리는가?"

장합이 화가 치솟아 말에 박차를 가했다. 촉의 군사들은 싸울 때마다 무기와 갑옷을 내던졌다. 위의 군사들은 신이 나서 물건들을 챙기기 바빴다. 장합은 싸울수록 기세가 올라 더욱 기고만장해졌다. 그러는 사이 날이 어두워졌고, 그들은 목문 길목에 이르렀다.

그제야 위연이 돌아서며 말했다.

"역적 장합은 들어라! 나는 너와 싸우고 싶지 않았지만 네가 여기까지 쫓아왔으니 어쩔 수가 없구나. 사생결단을 내자!"

"나도 기다렸노라!"

두 장수가 불꽃 튀게 맞붙어 겨루었다. 하지만 십여 합 만에 위연이 크게 패했다. 위연은 갑옷과 투구도 버리고 겨우 말에 올라 목문 안쪽으로 도망쳤다. 그러자 장합이 나는 듯이 달려들었다.

그 순간 포성이 울리고 산 위에서 돌과 나무토막이 수도 없이 굴러내려 한순간에 길이 막혀 버렸다. 문득 정신이 든 장합은 자신이 적의 속임수에 걸렸음을 깨달았다.

"아차차, 적의 계교에 빠졌구나."

장합이 말을 돌리려 했지만 이미 도망갈 길은 끊어졌다. 양쪽으로 깎아 세운 절벽이라 진퇴양난이었다. 그때 머리 위에서 빗발치듯 화살이 쏟아졌다. 장합과 그를 따르던 백여 명의 부장은 화살을 피하다 절벽으로 떨어지고 화살에 맞아 말에서 굴러떨어졌다. 용장 장합은 그렇게 목문 길목에서 불귀의 객이 되었다.

뒤따라오던 위군은 길이 끊어진 것을 보고 장합이 계략에 빠졌다는 것을 알고 뒤로 물러났다. 그때 산 위에서 제갈공명이 호령했다.

"내가 바로 제갈 승상이다. 오늘 말(사마의를 빗댄 말)을 쏘아 잡으려 했는데 잘못하여 노루(장합을 빗댄 말)를 잡았구나. 너희들은 안심하고 돌아가 사마의에게 알려라. 내가 곧 사로잡을 것이라고!"

위군이 돌아가 그런 사실을 알리자 사마의가 눈물을 흘렸다.

"아, 내가 끝까지 말렸어야 했는데······. 내가 장합을 죽였구나, 으흐흐흑!"

사마의는 전의를 잃은 채 군사를 이끌고 낙양으로 돌아갔다. 소식을 들은 위주 조예가 슬퍼하며 장합의 장례를 성대하게 치러 주었다.

제갈공명은 한중으로 돌아와 성도로 향하려 했다. 그런데 그보다 먼저 도호 이엄이 후주를 찾아가 거짓을 아뢰었다.

"폐하! 군량을 마련해 보내려던 참인데, 승상께서 무슨 까닭에 회군을 했는지 모르겠습니다."

그 말을 듣고 후주가 비의에게 일렀다.

"상보께서 무슨 연유로 회군했는지 알아보시오."

황제의 명을 받들어 비의가 한중으로 찾아가 묻자 제갈공명이 깜짝 놀랐다.

"동오에서 군사를 일으켜 서천을 범하려 한다고 이엄이 급보를 보내 황급히 돌아왔소이다."

"거참 이상합니다. 이엄은 군량을 보내려 했는데 승상께서 왜 돌아왔는지 모르겠다고 폐하께 아뢰더군요."

제갈공명은 머리털이 치솟을 만큼 화를 냈다.

"이놈이 제 몸을 지키려고 나라의 큰일을 망쳤구나. 벌을 받을까 두려워 거짓 급보를 보내 회군토록 하고, 황제께 거짓을 고해 허물을 감추려 했어! 당장 그놈의 목을 베어야겠소!"

비의가 말렸다.

"이엄은 선제께서 맡긴 신하입니다. 분을 가라앉히십시오."

제갈공명이 끓어오르는 분을 겨우 가라앉힌 뒤 표문을 써서 후주 유선에게 알렸다. 유선이 표문을 보고 버럭 화를 냈다.

"즉시 이엄의 목을 베라!"

그러자 참군 장완이 나서서 아뢰었다.

"이엄은 선제께서 탁고한 신하입니다. 널리 살펴 주시옵소서!"

후주 유선은 아버지 유비가 물려준 신하라는 말에 차마 죽일 수가 없었다. 결국 이엄은 모든 관직을 박탈당하고 평민으로 내쳐져 멀리 귀양을 갔다.

제갈공명은 성도로 돌아와 이엄의 아들 이풍을 장사로 삼는 덕을 베풀었다. 이어서 마초와 군량을 마련하고, 군사들에게 진법과 무예를 가르쳤다. 그리고 병기를 두루 갖추고 장수와 군사들을 보살피며 삼 년 뒤에 다시 출전한다고 선포했다. 그러자 동천과 서천의 백성과 군사들이 하나같이 제갈공명의 은덕을 칭송했다. 지긋지긋한 전쟁이 당분간 없을 것이기 때문이다.

이윽고 삼 년의 세월이 흘러 건흥 12년(234) 2월이 되었다. 군량과 마초가 풍부해지자 제갈공명은 조정에 들어가 후주에게 허락을 구했다.

"간사한 역적을 멸하고 중원을 회복해야만 폐하를 다시 뵈올 수 있사옵니다."

후주가 제갈공명에게 물었다.

"천하가 정족지세를 이루고 있습니다. 동오와 위도 서로 침범하지 않는데, 상보께서는 어찌하여 태평성대를 누리려 하지 않으십니까?"

제갈공명이 고개를 저었다.

"신은 선제의 은혜를 입어 꿈에서조차 위를 토벌할 일을 잊은 적이 없습니다. 충성으로 이 한 몸 바쳐 중원을 회복하고, 한실을 중흥하는 것이 신의 마지막 소원입니다."

제갈공명의 염원은 집착에 가까웠다. 그때 한 신하가 출정을 반대하며 반열에서 나왔다. 천문 지리에 밝은 태사 초주였다.

"신은 사천대를 관장하는 사람으로서 폐하께 길흉화복을 아뢰어야만 합니다. 최근 들어 수만 마리의 새가 날다 떨어져 죽는 상서롭지 못한 징조가 나타났습니다. 게다가 천문을 살피니 규성이 태백의 경계를 범해 왕성한 기운이 북쪽에 있는지라 위나라를 치는 것은 불리합니다. 또한 성도의 백성들이 밤마다 잣나무 우는 소리를 듣는다 하옵니다. 이렇게 불길한 징조가 많으니 승상께서 함부로 군사를 움직여서는 아니 될 것이옵니다."

그러나 제갈공명은 한마디로 거절했다.

"선제로부터 탁고의 중임을 맡았기에 도적을 멸해야 하오. 요사스러운 기운을 가지고 대사를 망칠 수는 없소이다."

상보로서 막강한 힘을 가진 제갈공명의 뜻을 거스를 사람은 없었다. 제갈공명은 사당에 예를 올리고 후주에게 인사를 올린 뒤 말을 달려 한중으로 돌아갔다. 그리고 장수들을 불러 출병할 일을 의논했다.

그때 비보가 닥쳤다. 병을 앓던 관흥이 죽었다는 것이다.

"으흐흐흑, 관흥이 죽다니……. 충성된 신하는 어찌하여 오래 살지 못하는가? 출정하려는 마당에 또다시 대장 하나를 잃었도다!"

깊은 슬픔에 빠진 제갈공명은 목 놓아 울었다. 하지만 언제까지 넋 놓고 있을 수만은 없었다. 몸을 간신히 추스른 제갈공명이 삼십사만 대군을 이끌고 다섯 갈래로 출정 길에 올랐다.

소식을 듣고 위주 조예가 다시 사마의를 불렀다.

"삼 년간 소식이 없더니 제갈량이 다시 기산에 나타났다 하오. 어찌하면 좋겠소?"

"신이 천문을 살폈는데 서천에게 굉장히 불리한 때입니다. 그런데도 공명이 자신의 재주와 꾀를 믿고 하늘을 거슬렀습니다. 폐하의 복에 힘입어 제가 물리치려 하오니, 네 사람을 데려가게 허락하여 주십시오."

"네 사람이 누구란 말이오?"

"하후연에게 아들 넷이 있습니다. 패, 위, 혜, 화입니다. 하후패와 하후위는 활 쏘고 말 타는 솜씨가 뛰어납니다. 하후혜와 하후화는 병법에 조예가 깊습니다. 이들 모두 아버지의 원수를 갚을 생각에 가득 차 있습니다. 그들을 선봉으로 삼고 군사 전략을 도모해 촉군을 물리치고 돌아오겠습니다."

"지난날 하후무†는 전략을 잘못 써서 큰 손해를 끼치고 면목이 없어 이제껏 돌아오지 않고 있소. 그들 네 사람도 같은 부류 아니오?"

사마의가 고개를 저었다.

"이들은 하후무와 비교할 상대가 아닙니다."

조예는 사마의를 대도독으로 삼고, 재량껏 장수들을 등용하고 각처의 군사들을 징발할 수 있는 권한을 주었다. 마침내 사마의가 장안에서 군사를 일으키자 사십만 군사가 모였다.

사마의가 군사들을 이끌고 위수에 도착해 영채를 세웠다. 그러고 나서 오만 명의 군사에게 아홉 개의 배다리를 설치하게 했다. 여러 장수들과 상의하고 있을 때 곽회와 손례가 도착했다.

"촉군이 기산에 주둔해 있습니다. 적이 위수를 건너 북원 쪽으로 올라가 북산 군사들과 연합해 농서로 통하는 길을 끊는다면 낭패가 아닐 수 없습니다."

"맞는 말이오. 두 사람은 농서 군사들을 거느리고 북원에 영채를 세우시오. 적이 쳐들어와도 절대 움직이지 말고, 양식이 떨어질 때를 기다려 공격하면 반드시 이길 것이오."

이때 제갈공명은 기산에 다섯 채의 영채를 세우고 장기전에 대비해 군사들에게 순찰을 돌게 했다. 정탐꾼에게서 곽회와 손례가 북원에 영채를 세웠다는 소식이 들려왔다. 사마의의 의중을 파악한 제갈공명이 장수들을 모아 놓고 말했다.

"사마의는 우리가 농서로 가는 길목을 끊을까 두려워하고 있소. 우리는 그가 원하는 대로 북원을 치는 척하면서 슬그머니 위수를 취할

하후무는 조조의 딸 청하 공주의 남편이야. 제갈공명의 1차 북벌 때 대도독이 되어 관서의 군사들을 모아 적을 방어했는데, 재능이 없어 연전연패하고 촉군에 사로잡히고 말았지. 제갈공명은 강유를 얻고 그를 풀어 줬어.

것이오."

"어떤 방법으로 말입니까?"

"뗏목을 백여 척 만들어 건초를 가득 싣고 군사 오천 명을 태워 기다리시오. 내가 북원을 공격해 저들이 물러나는 기미가 보이면 후군이 먼저 강을 건너게 하고, 전군은 뗏목을 타고 물길을 따라 내려가다 배다리를 만나면 모두 불 질러 버리시오."

모든 장수들이 명에 따라 일사불란하게 움직였다.

사마의가 그 소식을 듣고 장수들에게 말했다.

"제갈공명은 반드시 계책을 숨겨 놓았을 것이오. 물길을 따라 내려와 배다리를 태워 우리 후방을 어지럽히려는 게 분명하오."

역시 고수들의 머리싸움은 한 치 앞을 예측할 수 없었다. 사마의가 하후패와 하후위에게 지시했다.

"그대들은 북원에서 함성이 터지거든 위수 남쪽으로 가서 촉군이 오기를 기다렸다 공격하라."

이어 장호와 악침에게도 계책을 주었다.

"궁노수 이천 명을 거느리고 배다리 북쪽에 매복해 있다가 뗏목이 나타나거든 일제히 활을 쏴라."

명령을 내린 사마의는 아들 사마사와 사마소에게 영채 앞을 지키라고 분부했다.

제갈공명은 계책대로 위연과 마대에게 위수를 건너 북원을 치도록 명령하고, 오반과 오의는 뗏목을 타고 내려가다 배다리를 불태우라고 지시했다. 그날 오시를 기해 대채를 떠난 촉군은 위수를 건넌 뒤 진을 벌이며 천천히 앞으로 나아갔다. 위의 손례는 촉군을 보자마자 그대로 도망쳤다.

"적의 유인책이다. 흥분하지 마라!"

위연이 계략을 눈치채고 군사를 물리려 했다. 그때 함성이 일며 사마의와 곽회의 군사들이 나타나 협공하는 것이 아닌가. 위연과 마대가 위군을 무찌르며 길을 뚫었지만 촉군은 태반이 물에 빠졌다. 남은 군사들도 살길을 찾아 헤매느라 우왕좌왕했다.

"장군, 내가 왔소. 안심하시오!"

천만다행으로 오의가 군사를 몰고 와 위연의 패잔병을 구하고, 강을 건너 적을 막았다. 오반은 뗏목을 타고 배다리를 불태우러 가다가 장호와 악침의 군사들을 만났다. 미처 대비를 못 한 오반을 비롯한 촉의 군사들은 언덕 위에서 쏘아 대는 화살에 맞아 강으로 떨어져 죽고 말았다. 뗏목도 모조리 위군의 손에 들어갔다.

왕평과 장의는 돕기로 한 촉군이 패한 줄도 모르고 위의 영채로 달려갔다. 하지만 낌새가 이상해 군사를 잠깐 멈추었는데 전령이 다가와 소리쳤다.

"승상께서 군사를 돌리라 하십니다. 북원으로 간 군사들과 뗏목 타고 내려간 군사들이 참패했답니다."

왕평과 장의가 놀라서 군사를 돌리려 하자 갑자기 북소리가 울리더니 위군이 일제히 후방을 끊으며 공격해 왔다. 불빛이 대낮처럼 밝은 가운데 촉군은 포위된 채 한바탕 격전을 치렀다. 왕평과 장의는 죽을힘을 다해 혈로를 뚫고 가까스로 포위망을 벗어났다.

이 싸움에서 촉군은 일만 이상이 목숨을 잃었다. 근래에 없던 대패였다. 제갈공명은 기산의 대채로 돌아와 통탄하며 군사를 수습했다.

"아아, 이런 실수를 하다니! 다 내 탓이로다!"

제갈공명은 괴로워 잠을 이루지 못했다. 하늘이 돕지 않는 싸움이란 이처럼 눈 뜨고 보기 참담한 결과를 낳았다. 이건 어찌 보면 제갈공명의 총기가 서서히 쇠하는 전조일 수도 있었다.

5
제갈공명의 죽음

거듭되는 정벌에 실패하자 제갈공명은 몹시 고통스러웠다. 그 무렵 성도에서 비의가 찾아왔다는 보고가 들어왔다. 제갈공명은 기다렸다는 듯 그를 맞아들여 부탁했다.

"동오에 서신을 보내야 하는데, 그대가 해주시겠소?"

"기꺼이 승상의 명을 받들겠습니다."

비의는 제갈공명의 편지를 오주 손권에게 전했다. 손권이 제갈공명의 편지를 펼쳤다.

한실이 불행하여 나라가 기강을 잃고 조 역적이 반란을 일으켜 오늘날에 이르렀습니다. 제가 소열황제로부터 부탁을 받아 충성을 다하려 하지만 쉽지 않습니다. 지금 촉의 대군이 기산에 모여 위군을 무찌르려 하고 있습니다. 엎드려 바라옵건대, 폐하께서 우리 촉과 맺은 동맹을 생각하시어 장수들에게 북쪽 정벌을 명하소서. 함께 중원을 취하고 천하를 나누었으면 합니다.

손권은 제갈공명의 편지를 읽고 매우 기뻐했다.

"나 역시 오래전부터 군사를 일으키고 싶었지만 제갈 승상과 화합할 기회가 없었소. 이렇게 편지를 받았으니 짐이 당장이라도 군사를 일으키겠소."

손권이 곧장 명령을 내렸다.

"삼십만 군사를 일으킬 준비를 하라!"

손권의 명을 듣고 난 비의가 감사의 뜻을 전했다.

"황제께서 그렇게 해주신다면 중원은 저절로 무너질 것입니다."

비의를 대접하며 손권이 물었다.

"듣자하니 관우와 장비의 아들들이 다 죽었다 하더이다. 지금 촉에서는 누가 선봉을 맡고 있소?"

"위연이 맡고 있습니다."

"위연은 마음이 바르지 못한 자요. 제갈 승상이 없다면 화근이 될 터인데, 공명이 어찌 그걸 모른단 말이오?"

"돌아가서 승상에게 폐하의 고언을 전하겠습니다."

비의는 기산으로 돌아와 제갈공명에게 이런 사실을 알렸다. 제갈공명은 손권이 동오의 삼십만 대군을 세 갈래로 나누어 위를 정벌하러 간다는 말을 듣고 기뻐했다. 그리고 위연에 대한 손권의 전언을 듣고는 고개를 끄덕였다.

"오주께서 참으로 총명하구려. 위연의 사람됨을 나 역시 잘 알지만 그의 용력이 아까워 쓰고 있을 뿐이오."

비의가 성도로 돌아간 뒤, 제갈공명이 장수들과 진군할 일을 의논했다. 그때 적장 하나가 투항해 왔다. 위의 편장군 정문이었다.

"너는 어찌하여 투항한 것이냐?"

"저는 진랑과 함께 군사를 거느리고 사마의 휘하에 들어갔는데, 사마의가 진랑만 중용하고 저를 지푸라기처럼 가볍게 여겼습니다. 그것을 참지 못해 불만을 품고 투항했습니다."

그 순간 밖이 소란스러웠다. 정문을 잡겠다고 추격대가 쫓아왔다는 것이다. 추격대 대장이 진랑이라는 보고를 받은 제갈공명이 물었다.

"진랑이라는 자는 그대와 비교해 무예가 어떠한가?"

"저와 비교할 수 없습니다. 제가 나가서 당장 그놈의 목을 베어 오겠습니다."

"그렇게만 한다면 그대를 의심하지 않겠노라."

정문이 곧장 영채를 달려 나갔다. 그러자 진랑이 목소리를 높였다.

"신의를 저버린 역적 놈아, 당장 모가지를 내밀어라!"

정문이 말없이 달려가 단칼에 진랑의 목을 베었다. 그 모습을 본 위군이 줄줄이 줄행랑을 놓았다. 정문이 고개를 들고 당당하게 돌아왔다. 그런데 제갈공명이 서릿발 같은 명을 내렸다.

"저놈을 끌어다 목을 베어라!"

"승상, 어찌하여 투항한 저를 죽이려 하십니까?"

"내가 보기에 추격대 대장은 진랑이 아니다. 네놈이 나를 속이려 드느냐?"

제갈공명이 다그치자 정문이 마지못해 고개를 끄덕였다.

"맞습니다. 그자는 진랑의 아우 진명입니다."

"사마의가 이런 계략을 짰다는 걸 알고 있다. 사실대로 말해라!"

정문은 사마의가 꾸민 계략에 따라 거짓으로 항복했다는 사실을 털어놓았다.

"한 번만 살려 주십시오! 견마지로를 다하겠습니다!"

정문이 애걸복걸하자 제갈공명이 그의 등을 다독이며 말했다.

"살고 싶으면 편지를 써서 사마의가 우리 영채를 공격하도록 만들어라. 그러면 목숨을 살려 주는 것은 물론, 사마의를 잡게 되면 그 또한 네 공이니 큰 상을 내리고 중용할 것이다."

정문은 곧바로 편지를 써서 바쳤다. 제갈공명이 정문을 옥에 가둔 뒤 편지를 보내려 하자 신하들이 물었다.

"저자가 거짓 투항한 것을 어찌 아셨습니까?"

"사마의는 절대 사람을 함부로 쓰지 않을 만큼 신중한 사람이오. 정문의 말대로 진랑을 중용했다면 그의 무예가 출중했을 터인데, 보다시피 정문의 단칼에 죽지 않았소? 그러니 그가 어찌 진짜 진랑이라 믿을 수 있겠소."

"아, 역시 승상의 통찰력은 놀랍습니다."

신하들이 하나같이 제갈공명의 지혜에 감탄했다.

제갈공명은 말솜씨 좋은 병사에게 정문의 편지를 주고 계책을 일러 준 뒤 사마의에게 전하라고 지시했다. 병사는 곧장 위 영채로 출발했다.

정문의 편지를 읽고 난 사마의가 편지를 가져온 병사에게 물었다.

"너는 누군데 이 편지를 가져왔느냐?"

"저는 정문 장군과 동향 사람입니다. 이번에 제갈공명이 정문 장군의 공로를 인정해 선봉으로 삼았는데, 정 장군께서 특별히 저에게 편지를 도독에게 전해 달라 부탁했습니다. 내일 밤 횃불을 올릴 테니 도독께서 직접 대군을 끌고 촉군의 영채를 습격하면 안에서 호응하겠다고 했습니다."

의심 많은 사마의가 이것저것 물었지만 그 병사에게서 이렇다 할 허점을 찾지 못했다.

"좋은 기회니 놓칠 수 없다."

마침내 사마의가 그날 밤 기습하기로 결정하고, 두 아들과 함께 영채를 떠나려 할 때였다. 지켜보던 맏아들 사마사가 직언했다.

"아버님, 달랑 쪽지 한 장을 믿고 대군을 위험한 곳에 밀어 넣는 것은 여러모로 위험합니다. 무슨 일이 생길지 모르니 다른 장수를 먼저 보내 보시지요."

사마의도 나이를 먹어 감에 따라 가끔 판단력이 흐려졌다. 아들의 말을 듣자 정신이 번쩍 들었다.

"그래, 일리 있는 말이다. 내가 경솔했다."

사마의는 진랑에게 군사 만 명을 주고 촉의 영채를 기습하라고 명했다. 그믐이라 칠흑 같은 어둠이 깔렸다. 코앞에 있는 사람의 얼굴도 알아볼 수 없을 정도였다. 검은 구름이 사방에서 짓누르고, 하늘이 어두운 기운으로 가득했다. 사마의는 기습이 성공할 것 같아 은근히 기분이 들떴다.

"하늘이 나를 돕는구나. 기습하기 딱 좋은 날이다."

하지만 결과는 딴판이었다. 진랑이 군사 일만을 거느리고 촉군의 영채를 기습했지만 영채는 텅 비어 있었다.

"속았다!"

계책에 빠진 진랑이 군사를 후퇴시켰다. 그러나 이미 때가 늦었다. 횃불이 올라오며 왕평과 장의가 왼쪽에서, 마대와 마충이 오른쪽에서 군사를 휘몰아 치고 들어왔다.

"역적들은 게 서라!"

진랑이 촉군을 맞아 죽기 살기로 칼을 휘두르며 살길을 찾았다. 뒤따르던 사마의는 혼전이 벌어지자 진랑을 돕기 위해 급히 말을 쫓아 달려갔다. 하지만 위연과 강유가 기다렸다는 듯 뛰쳐나와 닥치는 대로 위군 진영을 짓밟았다. 칼에 베이고 창에 찔린 군사를 헤아리기 힘들 정도였다. 위군은 크게 패했고, 포위망에 갇혔던 진랑은 화살에 맞아 목숨을 잃었다. 사마의는 패잔병을 이끌고 정신없이 도망쳤다.

삼경이 되자 홀연히 먹구름이 걷히고 달빛이 그윽이 빛났다. 이런 조화는 제갈공명이 술법을 부린 덕이었다.

"저자는 더 이상 쓸모없다."

승리를 거둔 제갈공명은 정문의 목을 베어 버렸다.

제갈공명은 다시 위수 남쪽을 칠 요량으로 위군 영채 앞에 군사를 보내 싸움을 걸었다. 하지만 놀란 위군은 맞서 싸우려 하지 않았다. 제갈공명이 지형을 파악하기 위해 주변을 돌아다니다 호리병같이 생긴 골짜기를 발견했다. 안쪽은 군사 천 명이 너끈히 들어갈 만큼 공간이 넓은데 입구는 한 사람이 말을 타고 통과할 정도로 좁았다.

"이곳의 지명이 무엇이냐?"

"호로곡이라 하옵니다."

"허허, 하늘이 나를 돕는구나."

지명을 듣고 기뻐한 제갈공명이 두예와 호충이라는 비장들에게 은밀히 분부를 내린 뒤, 목공 천 명을 뽑아 호로곡에서 목우(木牛)와 유마(流馬)†를 만들라고 지시했다. 그리고 마대에게 당부했다.

"목공들을 절대 호로곡 밖으로 내보내지 말고, 아무도 안으로 들이지도 마라."

"명심하겠습니다!"

두예와 호충이 솜씨 좋은 목공들을 재촉하여 목우와 유마를 만들던 어느 날, 장사 양의가 제갈공명에게 물었다.

여기서 잠깐!!

제갈공명이 목우와 유마를 만들었다는 일화야말로 《삼국지》에서 가장 공상과학적인 대목이라 할 수 있어. 당연히 후세 사람들이 상상력을 발휘해 집어넣은 이야기 같지만, 이것은 엄연히 역사책에 기록된 사실이야. 《삼국지》'제갈량전'에 분명히 나와 있어. 실제로 목우와 유마를 만드는 제작법을 적은 책도 써서 후세에 알렸다고 해.

그러면 목우와 유마가 정말 오늘날의 로봇과 같은 것이었을까? 이순신 장군의 거북선이 진짜 거북처럼 물속을 자유자재로 잠수하는 배가 아니듯이, 목우와 유마도 실제 말이나 소의 형상을 한 로봇은 아니었을 거야. 유추해 본다면, 기존의 수레보다 빠르고 효율이 뛰어난 수레를 마치 말이나 소처럼 일을 잘한다고 빗대어 이름을 붙였을 가능성이 높아. 어쩌면 수레 앞에 말과 소의 형상을 붙였을 수도 있어. 거북선이 판옥선의 갑판에 철갑을 두르고 거북 머리 형상을 앞에 매단 것과 비슷한 이치라고 할 수 있지.

"군량이 검각에 있는데 운반해 오기가 쉽지 않습니다. 어찌하면 좋습니까?"

"걱정 마시오. 목우와 유마를 만들고 있으니 군량 운반은 염려하지 않아도 되오. 이 소와 말들은 먹지도 마시지도 않고 밤낮으로 군량을 운반한다오."

"그런 신묘한 술법은 들은 적도 없습니다."

제갈공명이 목우와 유마의 설계도를 펼쳐 놓고 설명했다. 목우와 유마는 말하자면 나무로 만든 로봇 같은 기구였다. 소 한 마리에 열 사람의 한 달 치 식량을 싣는데 소가 스스로 움직여 간다는 것이었다. 유마역시 마찬가지였다. 복잡한 설계도를 본 장수들이 감탄하며 엎드려 절을 올렸다.

"승상께선 사람이 아니십니다!"

며칠 뒤 목우와 유마가 완성되었다. 목우와 유마는 움직이는 양상이 실제 살아 있는 짐승과 다를 것 없이 산을 오르고 고개를 내려갔다. 그 편리함이란 이루 말할 수 없었다.

"이게 정말 사람이 만든 물건이란 말인가?"

"도무지 믿을 수가 없네그려."

군사들과 장수들이 기뻐하며 몇 차례나 눈을 씻고 바라보았다. 제갈공명은 목우와 유마를 이용해 군량과 마초를 운반하게 했다.

이 희한한 소식은 사마의에게도 전해졌다.

"지금 촉군이 목우와 유마라는 괴이한 물건을 만들어 군량을 운반하고 있습니다. 군사들이 전혀 힘을 들이지 않을뿐더러 우마한테 먹이조차 줄 필요가 없다 합니다."

사마의는 당황했다.

"나는 지금 오로지 적의 군량이 제대로 운반되지 않아 식량이 떨어지기를 기다렸는데, 제갈공명이 그러한 방법을 썼단 말이냐? 이를 어찌하면 좋겠느냐?"

"어떤 물건인지 한번 보시지요?"

사마의가 장호와 악침에게 목우와 유마를 빼앗아 오라고 일렀다. 두 장수는 오백 명의 군사를 촉군으로 변장시킨 뒤 길에 매복하게 했다. 때마침 목우와 유마가 지나가자 위군이 기습하여 몇 마리를 가로챘다. 웬일인지 촉군이 크게 저항하지 않고 그대로 도망쳤다.

"이게 바로 촉군의 목우와 유마입니다."

사마의가 빼앗아 온 목우와 유마를 이리저리 뜯어보았다. 이 신기한 물건은 정교할 뿐 아니라 산 짐승처럼 앞뒤로 움직이기까지 했다. 유심히 살피던 사마의가 기뻐했다.

"제갈공명만 만들라는 법이 없다. 우리도 따라 하면 된다. 좋은 것은 베껴서 우리 것으로 만들면 그만이다."

사마의가 솜씨 좋은 목공 백 명을 불러 제갈공명의 목우와 유마를 보고 똑같이 만들라고 지시했다. 위의 목공들은 뚝딱뚝딱 나무를 켜고 잘라 얼마 뒤 이천 마리나 되는 목우와 유마를 완성했다. 성능도 제갈공명의 그것과 조금도 다르지 않았다. 위군의 목우와 유마가 군량과 마초를 실어 나르자 온 군사들이 신기해했다.

한편, 제갈공명은 목우와 유마를 빼앗겼다는 보고를 듣고 화를 내기는커녕 오히려 너털웃음을 터뜨렸다.

"하하하하! 사마의는 우리가 만든 것과 똑같은 목우와 유마를 만들어 쓸 것이야. 그것이 바로 내가 원하던 바로다."

며칠 뒤 사마의가 목우와 유마를 만들어 양곡을 운반한다는 보고가 들어왔다.

"역시 내 생각에서 벗어나지 않는구나!"

제갈공명이 왕평에게 말했다.

"그대는 군사 일천 명을 위군으로 위장시켜 은밀히 적의 수송 부대에 섞여 들어가시오. 그런 뒤 후송군을 없애고 목우와 유마를 빼앗아 돌아오시오."

"위군이 추격하지 않겠습니까?"

"적이 추격하면 목우와 유마 입안에 있는 혓바닥을 들어 거꾸로 돌려놓고 달아나시오. 그러면 목우와 유마가 꼼짝 안 할 거요. 위군이 아무리 힘을 주어 끌고 가려 해도 소용없소. 그때 다시 들이닥치면 적들이 도망칠 테니, 목우와 유마의 혓바닥을 제대로 돌려놓고 끌고 오기만 하면 되오."

제갈공명이 이번에는 장의를 불렀다.

"그대는 군사 오백 명을 귀신 병사로 위장하되, 귀신 머리에 짐승 몸뚱이를 만들어 오색 물감과 색실로 최대한 괴상하게 꾸미도록 하시오. 군사들은 수놓은 기와 보검을 들고, 인화 물질을 담은 호리병을 매달고 가도록 하시오. 어둠을 틈타 산기슭에 숨어 있다가 위군이 목우와 유마를 끌고 오면 일제히 달려 나가 연기를 피우며 소란을 피우시오. 적들은 귀신이 나타난 줄 알고 도망칠 것이오."

제갈공명은 또한 장의와 위연에게 목우와 유마를 빼앗는 군사를 도우라고 명령했다. 그리고 몇몇 장수에게도 은밀하게 계책을 주어 떠나게 했다.

촉의 군사들이 조용히 움직이는 가운데 위의 장수 잠위가 목우와 유마에 군량과 마초를 가득 싣고 농서에서 돌아오는 길이었다. 그때 앞쪽에서 한 떼의 군사들이 나타났다는 말에 위의 군사들이 촉각을 곤두세웠다. 하지만 아군이라는 말에 안심하고 가던 길을 재촉했다. 그런데 얼마쯤 지난 뒤 그들이 느닷없이 함성을 지르며 달려들었다. 위장한 왕평의 군사들이었다.

"이놈들, 어서 목을 내놓아라!"

잠위는 안심하고 있다가 순식간에 들이닥친 왕평의 칼에 목이 달아나고, 위군은 뿔뿔이 흩어졌다. 왕평은 목우와 유마를 거두어 영채로 방향을 틀었다.

그 소식을 들은 곽회가 재빨리 왕평을 추격했다. 적이 가까이 다가오자 왕평은 기다렸다는 듯 목우와 유마의 혀를 돌려놓은 뒤 싸우는 척하다가 적당히 달아났다. 위군이 되찾은 목우와 유마를 위수 남쪽의 영채로 옮기려 했다. 그런데 목우와 유마가 꼼짝하지 않았다. 아무리 용을 써도 요지부동이었다.

"이게 어찌 된 일이냐? 왜 움직이지 않는 것이냐?"

곽회가 당황해 목우와 유마를 멀뚱히 바라보는데 촉군이 벼락같이 들이닥쳤다. 위연과 강유였다. 달아났던 왕평까지 힘을 합쳐 맹공격을

퍼붓자, 위군이 견디지 못하고 도망쳤다. 왕평은 목우와 유마의 혀를 원래대로 돌려놓고 태연히 끌고 갔다.†

멀리서 그 광경을 지켜보던 곽회가 화가 치밀어 다시 왕평을 쫓았다. 그때 산에서 연기가 구름처럼 피어오르며 귀신 형상을 한 무리가 나타났다. 한 손에는 깃발을, 다른 손에는 보검을 든 그들은 왕평이 이끄는 목우와 유마를 호위하여 사라졌다. 그 모습을 보고 곽회가 머리를 절레절레 흔들었다.

"아, 귀신이 저들을 돕는구나!"

곽회는 너무 두려워 적을 쫓을 생각도 못 했다.

뒤늦게 북원의 군사들이 패했다는 소식을 듣고 사마의가 군사를 이끌고 도와주러 나섰다. 하지만 길을 끊으려고 기다리던 장익과 요화의 복병을 만나 기습을 당하는 바람에 크게 패하고 말았다. 사마의는 가까스로 살길을 열고 숲속으로 도망쳤다. 들어갈 수만 있다면 쥐구멍이라도 들어갈 참이었다.

이때 요화가 앞장서서 사마의를 뒤쫓았다. 숲속에서 쫓고 쫓기는 사투를 벌이는 동안 요화가 마침내 사마의의 등 뒤까지 따라잡았다. 요화가 칼을 내리치며 소리쳤다.

"네 이놈, 사마의야! 오늘이 제삿날인 줄 알아라!"

그 순간 사마의가 큰 나무를 끼고 돌았다. 그 바람에 칼이 빗나가 나무에 박혔다. 칼을 뽑느라 시간을 지체하는 사이 사마의가 멀찍이 도망쳤다. 요화가 아무리 찾아도 그림자도 보이지 않았다. 요화는 그가 버린 황금 투구만 들고 영채로 돌아왔다.

요화가 황금 투구를 바치자 제갈공명이 기뻐했다.

"요화의 공이 크다! 이번 싸움에서 그대는 일등 공신으로 기록될 것이다."

그러자 위연이 불만스레 말했다.

"승상께서는 왜 저의 공을 작게 보십니까?"

"그대의 공은 요화에 못 미치오."

제갈공명은 불만스러운 위연의 투덜거림을 한마디로 잘랐다.

크게 패하고 겨우 목숨을 건진 사마의는 진지를 높이 쌓고 지키기만 할 뿐 조금도 움직이지 않았다.

손권의 군사들이 세 갈래 길로 쳐들어온다는 소식을 들은 위주 조예는 세 갈래로 군사를 보내 막기로 했다. 유소에게 강하를 구하게 하고, 전예에게 양양을 맡겼으며, 조예 자신은 만총과 더불어 합비를 구하기로 했다.

만총이 군사를 거느리고 소호 어귀에 이르렀을 때 동오 군사들을 만났다. 수많은 동오의 전선들이 정연하게 정기를 나부끼며 정박해 있었다. 만총이 조예에게 계책을 아뢰었다.

여기서 잠깐!!

여기서는 발명가로서의 제갈공명이 눈에 띄네. 정사 《삼국지》를 쓴 진수는 제갈공명을 두고 훌륭한 구상을 하는 데 뛰어나다고 했어. 요즘 말로 치면 그는 창의성이 뛰어난 발명가였던 셈이야. 그가 발명한 것으로는 목우와 유마, 기존의 것보다 열 배나 많은 화살을 연달아 쏘는 장치 등이 있어.

이러한 창의성으로 인해 중국에서 훗날 신기한 물건들은 제갈공명의 이름을 붙여 쓰곤 했다고 해. 창의적이고 슬기로운 생각에 실용성을 겸비한 그의 발명품들이 중화 민족 창의성의 아이콘이 된 셈이야. 이는 제갈공명을 숭상하는 마음과도 연결돼 있어.

"동오군은 우리가 멀리서 왔다고 피곤한 줄 알고 방비가 소홀할 것입니다. 그 틈을 타서 오늘 밤 당장 동오의 수채를 덮치면 큰 승리를 거둘 것입니다."

위주가 고개를 끄덕이고 나서 곧장 장구에게 군사 오천을 거느리고 나가 호수 어귀에서부터 공격하도록 명했다. 만총에게도 오천 명의 군사를 주어 동쪽 언덕에서 공격하라고 지시했다.

그날 밤 장구와 만총이 각각 군사를 이끌고 호수 어귀로 진군해 일제히 함성을 지르며 수채로 쳐들어갔다. 갑작스러운 위의 기습에 동오군은 당황해 제대로 싸워 보지도 못하고 도망치기 바빴다. 위군은 사방에서 불을 질러 전선이며 군량, 마초, 무기 따위를 불태웠다. 제갈근은 간신히 패잔병을 수습해 면수 어귀로 도망쳤다. 위군은 큰 승리를 거두고 돌아갔다.

동오군의 패전 소식은 육손에게 전해졌다. 육손이 말했다.

"신성을 포위한 군사들을 철수시켜 그 군사들로 하여금 위군의 퇴로를 끊도록 하겠소. 내가 직접 앞에서 공격한다면 저들은 앞뒤로 포위되어 가볍게 처부술 수 있소."

장수들이 육손의 의견에 찬성했다. 육손은 황제의 허락을 받기 위해 표문을 만들어 전령에게 들려 보냈다. 하지만 전령이 나루터에 숨어 있던 위군에게 붙잡히고 말았다. 조예가 전령의 몸에서 나온 육손의 표문을 읽고 감탄했다.

"육손의 지략이 대단하구나! 저자를 가두고, 유소에게 손권의 후군을 막도록 알려라!"

이때 싸움에서 대패한 제갈근은 날씨가 무더운 데다 병사와 군마마저 병이 나서 힘든 일이 한두 가지가 아니었다. 참다못해 육손에게 편지를 보내 철수 의사를 밝혔다. 하지만 육손은 돌아가 기다리라는 명을 내렸다. 답답한 마음에 제갈근이 전령에게 물었다.

"육 장군이 어찌하고 있더냐?"

"육 장군은 그저 영채 밖에 콩을 심게 하고, 장군들은 활쏘기를 즐기는 것 같았습니다."

화가 치민 제갈근이 육손의 영채로 달려갔다.

"지금 위주 조예가 군사를 거느리고 와서 나라가 백척간두에 섰는데, 도독은 어찌 그들을 막을 생각이오?"

육손이 태연히 말했다.

"저번에 주상께 올린 표문이 적에게 누설되고 말았소. 만반의 준비를 한 적과 싸우느니 차라리 물러나는 게 좋겠다 싶어 서서히 군사를 물리겠다고 표문을 올렸습니다."

"그럼 얼른 퇴군하지 않고 왜 늦장을 부리시오?"

"철수할 때는 천천히 움직여야 합니다. 급하게 움직였다간 저들의 추격을 부릅니다. 그러니 귀공께서는 돌아가셔서 적에게 대항하는 척만 하십시오. 나는 양양으로 진격하는 척하겠습니다. 그러면서 서서히 강동으로 물러가면 위군이 추격하지 못할 것입니다."

이는 마치 제갈공명이 후퇴하는 전략과 비슷한 수법이었다. 전쟁은 앞으로 나아가는 것도 힘들지만 이처럼 뒤로 후퇴하는 것도 힘든 법이었다.

제갈근은 육손의 말대로 시행했고, 육손 역시 기세를 올리며 양양을 향해 출군했다. 정탐꾼이 이런 사실을 알리자 조예가 단단히 방비하도록 명을 내렸다.

"육손은 지략이 뛰어난 장수다. 계책에 빠지지 않도록 섣불리 움직이지 마라!"

그 말에 위의 장수들은 싸울 생각을 거두고 단단히 지킬 마음만 먹었다. 다가올 일전에 대비하는 군사들의 마음은 비장하기까지 했다. 그런데 기다리던 동오의 군사들은 도무지 올 생각을 하지 않았다. 정탐꾼들을 내보내 알아본 결과 놀라운 소식이 전해졌다.

"세 길로 오던 동오의 군마가 감쪽같이 사라졌습니다."

다시 정탐꾼들을 내보냈지만 똑같은 소식뿐이었다. 조예가 무릎을 치며 감탄했다.

"육손의 용병술이 손자와 오자에 뒤지지 않는다더니, 그 말이 사실이로구나. 그러니 내가 무슨 수로 동오를 평정하겠는가. 우리도 돌아가도록 하자."

조예는 장수들에게 명령을 내려 요충지만 잘 지키도록 한 뒤 합비로 돌아갔다.

제갈공명은 기산에 오래도록 주둔할 각오를 했다. 군사들에게 농사를 짓게 하고, 백성들과 함께 살림살이에 힘쓰게 한 것이다. 수확물은 삼분의 일만 징수하고 나머지는 백성들에게 나눠 주었다. 그러자 백성들은 안심하고 생업에 종사했다. 이를 본 사마사가 아버지 사마의에게 알렸다.

"촉군이 우리 군량을 빼앗고도 위수 연안에서 농사를 짓고 있습니다. 이는 오래 버티려는 계책이 아니겠습니까? 그리되면 우리에게 큰 위협입니다. 한바탕 전투를 벌여 쫓아내야 합니다."

"나도 알고 있다. 하지만 황제께서 굳게 지키라 하시니 저들과 싸울 수도 없는 일이 아닌가?"

그때 촉의 장수 위연이 황금 투구를 들고 와 조롱했다.

"사마의는 들어라! 네놈이 놓고 간 투구를 가져왔다. 냉큼 찾아가거라! 투구를 주고 네 목을 취하리라!"

위연이 갖은 욕설을 퍼부으며 싸움을 걸자, 위의 장수들이 참지 못하고 얼굴이 붉으락푸르락해졌다. 그것을 보고 사마의가 웃었다.

"하하하, 그대들은 어찌 그리 경솔한가? 우리는 그저 지키는 것만이 상책일세."

제갈공명은 아무리 싸움을 걸어도 적이 움직이지 않자 마대에게 명령을 내렸다.

"목책을 둘러치고 구덩이를 파서 불에 잘 붙는 인화 물질을 쌓아 두시오. 그리고 산 위에도 풀과 나무로 초막을 짓고, 그 아래를 파서 지뢰를 묻어 두시오."

모든 준비를 마치자 제갈공명이 다시 마대에게 은밀하게 계교를 알려 주었다.

"호로곡 뒷길을 끊고 골짜기에 군사들을 매복시키시오. 사마의가 추격해 오면 골짜기 안으로 들어가도록 놔두고, 지뢰와 건초에 일제히 불을 놓으시오."

또한 위연에게는 오백의 군사를 주고 위군 영채를 치라고 명했다.

"이길 생각을 하지 말고 싸움을 걸어 패한 체하며 도망가시오. 그러면 사마의가 뒤쫓아올 테니 호로곡 쪽으로 유인해 안으로 들어가게만 하시오. 그럼 내가 그를 사로잡겠소."

그런 뒤 고상을 불러 유마와 목우에 군량을 싣고 산길을 왔다 갔다 하면서 위군이 쫓아오도록 유인하라고 일렀다. 이렇게 각 장수들에게 명령을 내린 뒤 제갈공명은 상방곡 부근에 영채를 세웠다.

이때 사마의 영채에서는 하후혜와 하후화 형제가 사마의에게 의견을 전했다.

"촉군이 눌러앉아 농사를 짓는다 하는데, 지금 촉군을 물리치지 못해 장기간 버티게 되면 뿌리를 깊이 내려 나중에 들어내기가 더욱 어려워질 것입니다."

사마의가 건성으로 고개를 끄덕였다.

"그 또한 제갈공명의 계교가 분명하오."

두 형제가 답답한 듯 가슴을 치며 말했다.

"도독, 의심만 하면 어느 세월에 적을 내칩니까? 저희에게 명을 내려 주십시오. 죽기 살기로 싸워 은혜에 보답하겠습니다."

거듭되는 요청에 사마의가 어쩔 수 없이 각각 오천 명의 군사를 내주었다. 하후혜와 하후화가 드디어 군사를 이끌고 나아갔다. 얼마 지나지 않아 목우와 유마를 끌고 가는 촉군을 만났다. 두 장수는 기세가 등등하여 촉군을 쥐 잡듯 몰아쳤다. 놀란 촉군이 도망치자, 그들은 목우와 유마를 이끌고 돌아갔다.

다음 날도 두 장수는 얼마간의 인마를 사로잡아 영채로 보냈다. 사마의가 포로들을 심문하자 소문이 사실로 드러났다. 제갈공명이 밭을 갈며 장기적인 계책을 세우라고 했다는 것이다.

"저들을 모두 놓아주어라."

"기껏 붙잡아 왔는데 왜 놓아주라는 것입니까?"

"저런 졸개들은 죽여 봐야 이익이 없다. 차라리 돌려보내 우리가 너그럽다는 것을 알리는 편이 낫다. 앞으로도 그리하도록 하라."

장수들은 분부를 받고 물러갔다.

한편, 제갈공명의 명을 받고 위군의 눈에 띌 만한 곳을 오가던 고상은 얼마 안 가 목우와 유마와 군량을 모두 빼앗겼다. 하루는 또 촉군 수십 명이 하후 형제에게 사로잡혀 사마의 앞에 끌려왔다.

"제갈공명은 지금 어디에 있느냐?"

"승상께서는 상방곡 서쪽에 영채를 세우고 그곳에 머물면서 상방곡으로 군량을 나르고 있습니다."

사마의가 장수들을 불러 명령을 내렸다.

"제갈공명이 지금 상방곡에 있으니 힘을 모아 기산 대채를 들이쳐라. 나도 군사를 이끌고 따라가 돕겠다."

큰아들 사마사가 의아해 물었다.

"어찌하여 상방곡을 치지 않고 기산을 치려 하십니까?"

"기산은 촉군의 본거지다. 기산을 공격하면 각지에 있는 촉군들이 구하러 올 것이다. 그 틈에 우리는 상방곡을 취할 것이야. 쌓아 놓은 군량과 마초에 불을 지르면 저들의 전군과 후군이 협력할 수 없게 만드는 게 아니겠느냐?"

사마사는 아버지의 고견에 탄복하며 물러났다.

이때 제갈공명은 위군이 움직인다는 보고를 받고 명령을 내렸다.

"사마의가 직접 치러 온다면 그대들은 위의 본영을 쳐서 위수 남쪽을 차지하라!"

촉군이 대비를 서두르는 사이 위군이 기산의 대채로 다가왔다. 기산 주변에 머물던 촉군들이 때를 맞춰 기산으로 몰려왔다. 북을 치고 고함을 지르며 다급하게 막는 척하자, 사마의는 촉군들이 모두 기산을 구하러 왔다고 판단했다. 그는 두 아들과 함께 곧장 중군이 되어 상방곡을 향해 쳐들어갔다.

이때 위연이 골짜기 어귀에서 기다리고 있다가 사마의의 군사가 다가오자 외쳤다.

"사마의는 꼼짝 마라!"

위연이 칼을 휘두르며 달려 나가자 사마의가 창을 꼬나잡고 맞섰다. 위연은 몇 번 싸우지도 않고 뒤돌아 도망쳤다. 위연을 따르는 군사가 얼마 안 되는 것을 알고 사마의가 뒤를 쫓았다. 사마의 삼부자가 나란히 맹추격하여 위연이 골짜기 안으로 달아났다. 상방곡 어귀에 다다른 사마의가 골짜기 안으로 정탐꾼을 보내 알아보게 했다.

"복병은 안 보이고 나무와 건초 더미로 지은 초막만 여기저기 보였습니다."

정탐꾼의 보고를 들은 사마의가 주저 없이 말을 몰았다.

"양곡을 쌓아 놓은 창고다. 안으로 들어가
보자."

좁은 골짜기 안으로 들어가 살펴본 사마의
는 식겁했다. 군량 창고인 줄 알았던 초막 안
에 장작이 차곡차곡 쌓여 있었던 것이다. 위연
은 어디로 갔는지 찾을 수조차 없었다.

"아차차, 적이 골짜기 입구를 막으면 큰일이
다."

사마의가 말을 돌리려는 순간 느닷없이 함
성이 터지고 산 위에서 불화살과 횃불이 무수
히 떨어져 내렸다. 골짜기 입구는 벌써 불길에
휩싸였다. 후퇴할 길 없는 골짜기 안에서 위군
은 갈팡질팡 헤매었다. 불길이 하늘을 덮고 여
기저기서 지뢰가 터졌다. 불덩어리들이 사방
에서 날아들어 불에 타 죽는 군사들의 절규가
귀를 찢고, 말 울음소리가 골짜기를 가득 메웠
다.† 지옥이 따로 없었다. 겁에 질린 사마의가
아들들을 끌어안고 목 놓아 울었다.

"우리 삼부자가 여기서 죽는구나, 으흐흑!"

그때였다. 느닷없이 검은 구름이 몰려오고
바람이 거세게 몰아쳤다. 이윽고 빗방울이 떨
어지는가 싶더니 곧 굵어져 장대비로 변했다.

여기서 잠깐!!

《삼국지》를 보면 호로곡에서 제갈
공명이 다수의 화약을 장착한 수레
로 사마의를 죽이려 했다는 대목이
나와. 하지만 지뢰나 화약 같은 무
기는 북송의 인종(재위 1022~1063)
때부터 사용했다고 해. 역사적 사실
을 따져 본다면 무려 800년이나 앞
서서 화약을 썼다는 말인데, 이것은
한마디로 후대에 《삼국지》 이야기
가 만들어지면서 들어간 허구라 할
수 있어.

온 산을 집어삼킬 듯 날름거리던 불길이 순식간에 잡히고, 지뢰도 더는 터지지 않았다. 사마의가 하늘을 우러르며 기뻐했다.

"하늘이 나를 도왔도다!"

사마의는 허둥지둥 골짜기 밖으로 빠져나왔다. 때마침 장호와 악침이 도우러 와서 그들과 함께 군사들을 다그쳐 위수 남쪽의 대채로 돌아왔다. 하지만 그곳은 어느새 촉군에게 점령당하고, 배다리에서 곽회와 손례가 촉군을 막느라 고군분투하는 모습이 보였다.

"어서 가서 도와라!"

군사들이 배다리로 달려가 비로소 촉군을 밀어냈다. 그런 다음 배다리를 불태워 끊고 위수 북쪽 기슭에 영채를 세웠다.

이때 기산에서 촉의 영채를 공격하던 위군은 사마의가 패했다는 소식에 크게 당황하여 급히 후퇴하려 했다. 하지만 촉군이 사방에서 몰려와 창칼을 휘두르는 통에 태반이 죽어 나갔다. 가까스로 목숨을 건진 군사들은 위수 북쪽으로 흩어졌다.

산 위에서 전세를 살피던 제갈공명은 호로곡 골짜기에서 불길이 치솟자 크게 기뻐했다.

"이번에야말로 사마의가 오갈 데 없이 죽었구나."

그러나 불길이 완전히 타오르기도 전에 소나기가 쏟아져 상황이 예상과 달리 전개되자 긴 한숨을 내쉬었다. 이어 사마의가 도망갔다는 보고를 받고 제갈공명이 탄식했다.

"아, 일을 꾸미는 것은 사람이지만 일을 이루는 것은 하늘이니, 내 어찌 억지를 쓴다고 되리오."

이를 두고 후세 사람들은 무척 안타까워했다. 제갈공명의 계획대로 일이 이루어져 사마의를 제거했다면 천하의 형세는 달리 돌아갔을 테니 말이다.

전의를 회복한 사마의는 위수 북쪽 영채에서 장수들을 불러 놓고 호통을 쳤다.

"그것 봐라! 내가 뭐라 그랬느냐? 다시 한 번 나가 싸우자고 하는 자가 있으면 목을 베겠다!"

그때 곽회가 들어와 말했다.

"제갈공명이 군사를 거느리고 순시하면서 영채 세울 곳을 찾고 있습니다."

사마의는 정탐꾼들을 내보내 적의 동태를 살폈다. 정탐꾼들이 곧 돌아와 제갈공명이 오장원에 영채를 세웠다고 보고했다.

사마의는 크게 기뻐했다.

"이것은 대위 황제의 큰 복이로다. 그대들은 나가서 싸우지 말고 지키기만 하여라. 그러면 변화가 있을 것이다."

제갈공명은 오장원에 주둔한 뒤 싸움을 걸었지만 위군이 상대해 주지 않았다. 그러자 여자들이 쓰는 두건과 상복을 함에 넣고 위의 진

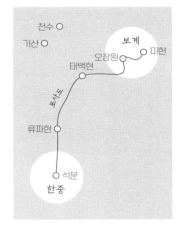

마지막이 된 제갈공명의 북벌 원정로

지로 편지를 보냈다. 사마의가 함을 열자 서신이 들어 있었다.

중달. 그대는 대장이 되었는데 굳은 의지로 나와 싸울 생각은 않고 굴속에 가만히 들어앉아 칼과 화살만 피하려 하고 있소. 그것은 아녀자의 소심한 행동과 다를 바 없소.

내가 여자들의 물건을 보내니 싸우지 않을 거라면 두 번 절하고 이를 받으시오. 혹시 사내로서 부끄러운 마음이 있다면 즉시 회답하여 기일을 정하고 싸웁시다.

사마의는 분노가 치밀었지만 애써 누르고 태연히 웃으며 말했다.

"제갈공명이 나를 아녀자로 알고 있구나."

물건을 받아든 사마의가 사자에게 물었다.

"그래, 요즘 제갈 승상은 어찌 먹고 어찌 일처리를 하시느냐?"

"승상께서는 아침 일찍 일어나십니다. 밤까지 업무를 보시는데, 곤장 이십 대 이상 되는 형벌은 직접 처리하십니다. 음식은 소식을 하고 계시지요."

그러자 사마의가 말했다.

"제갈공명은 먹는 것은 적은데 하는 일이 많구나. 그래서는 오래갈 수 없지."

사자가 오장원에 가서 위의 진영에서 있었던 얘기를 전하자, 제갈공명이 길게 탄식했다.

"아, 사마의가 나를 꿰뚫어 보고 있구나."

주부 양옹이 작심하고 아뢰었다.

"저도 평소에 승상께서 장부까지 일일이 살필 필요는 없다고 생각하고 있었습니다."

"어찌하여 그렇소?"

"다스림에는 엄연히 법도가 있는 법입니다. 위아래가 서로 간섭하지 않아야 한다는 것입니다. 집안일에도 법도가 있는데, 나랏일이야 각자에게 임무를 맡겨 헛되지 않고 성실하게 수행하게 하는 것이 좋습니다. 이 모든 일을 친히 하시려 한다면 몸이 고단하고 정신은 괴롭습니다. 이제 승상께서 수고로운 일은 그만하십시오. 적이지만 사마의의 말이 맞는다고 봅니다."

"그대 말도 일리가 있소. 하지만 선제로부터 탁고의 중임을 맡은 이래 다른 사람에게 일을 맡겼다가 나만큼 열심히 하지 않을까 두려워 그런 것뿐이오."

"저희들이 부끄럽습니다."

주위 사람들이 모두 감동의 눈물을 흘렸다. 아닌 게 아니라 그 뒤로 제갈공명의 건강이 나빠지기 시작했다. 장수들도 섣불리 군사를 움직이지 못한 채 시간만 흘려보냈다.

위의 장수들은 제갈공명에게 모욕당한 얘기를 듣고 사마의에게 분통을 터뜨렸다.

"우리는 대국의 용장들인데 그런 모욕을 당하고도 참아야 한단 말입니까?"

"나도 모욕을 견디기 힘드오. 하지만 황제께서 굳게 지키라 하셨으니, 경솔하게 출전하는 것은 황명을 어기는 것이오."

"아무리 황제라도 모욕을 견디라고는 하지 않으셨을 겁니다."

"맞습니다. 이러고 당할 수만은 없습니다. 당장 제갈공명의 목을 베어 황제께 올려야 합니다."

장수들이 불만을 터뜨리자 사마의는 곤란에 빠졌다. 싸워서 공을 세우는 것이 무인의 숙명인데, 쌓이는 불만을 억누르고만 있을 수는 없었기 때문이다.

"알았소. 내가 황제께 허락을 받도록 해보겠소."

사마의는 표문을 써서 합비에 있는 조예에게 보냈다. 한마디로 죽기를 각오하고 나가 싸우겠다는 내용이었다.

표문을 본 조예가 관료들에게 물었다.

"그동안 사마의가 소리 없이 잘 지키더니 왜 갑자기 나서서 싸우겠다는 것인가?"

신비가 나섰다.

"사마의는 싸울 마음이 없는데, 아마도 제갈공명이 모욕을 주어 장수들이 들끓고 일어난 것 같습니다."

"그렇다면 내가 전권을 줬으니까 나가 싸우면 될 일 아니오?"

"표문을 올려 폐하의 칙명을 기다리면서 시간을 벌려는 의도인 것 같습니다."

"시간을 벌다니?"

"그사이 장수들의 마음을 가라앉히려는 것입니다."

조예가 무릎을 쳤다.

"역시 그런 것 같구려. 절대 싸우지 말라고 명을 전하시오!"

신비가 명령을 받들어 위군 영채에 도착했다. 신비는 곧바로 장수들 앞에서 칙명을 내렸다.

"앞으로 감히 출전하자는 말을 입 밖에 꺼내는 자는 누구를 막론하고 칙명으로 엄히 다스릴 것이다."

"……."

장수들이 할 말을 잃고 모두 물러나자 사마의가 신비에게 다가가 조용히 말했다.

"그대가 진정 내 마음을 알아주는구려."

"제가 어찌 모르겠습니까?"

사마의는 곧 황제의 칙명을 군영 내에 널리 알렸다.

그 소식은 들은 제갈공명이 고개를 끄덕였다.

"역시 사마 제독이다. 삼군을 안정시켰구나."

제갈공명이 사마의의 지혜를 보고 감탄한 것이다.

강유가 궁금해 물었다.

"어찌 아십니까?"

"사마의는 싸울 생각도 없으면서 표문을 올렸다. 그리하자 군사들의 불만이 잠잠해졌다. 사실 천 리나 떨어져 있는 장수가 어찌 일일이 싸움을 보고하는가. 이건 다 사마의가 조예의 칙명으로 장수들을 진정시키고 군사들을 쥐락펴락하려는 속셈이다. 게다가 우리에게까지 소문을 퍼뜨린 건 우리까지 안심하게 만들려는 뜻을 내보인 것이다."

이때 성도에서 비의가 달려왔다.

"동오군이 세 길로 위를 공략했지만 아무 소득이 없었답니다."

뜻밖의 소식을 들은 제갈공명이 탄식했다.

"아, 그리되었는가?"

촉이 북쪽에서 치고 동오가 남쪽에서 치기로 약속했는데 동오의 군사들이 모두 물러간 것이다. 자신의 책략이 아무 효력을 발휘하지 못했다는 실망감이 몰려왔다.

"아아, 어찌하여 이리 고단하단 말이냐?"

실망감으로 길게 탄식하던 제갈공명이 옆으로 스르르 쓰러져 곧 정신을 잃었다. 장수들이 깜짝 놀라 부축해 자리에 눕히자 한참 만에 겨우 깨어났다.

"마음이 혼란스러워 묵은 병이 재발한 것 같소. 내 오래 살지 못할 듯하오."

그날 밤 천문을 살피던 제갈공명이 놀라고 당황해 다시 장막으로 돌아왔다.

강유가 물었다.

"어찌하여 안색이 안 좋으십니까?"

"천문을 살피니 삼태성 가운데 객성이 배나 밝고 주성이 반짝이긴 하나 빛이 어둡구려. 천문이 이럴지니 내 명을 알겠소."

제갈공명의 죽음이 머지않았다는 뜻이었다.

강유가 말했다.

"그렇다면 어찌하여 기양법(액을 막고 기원을 올리는 술법)을 쓰시지 않습니까? 이를 만회하려고도 해보셔야죠."

"내가 기도하는 법을 모르는 것은 아니오. 하지만 하늘의 뜻이 어떤지 알 수가 없구려."

그러자 강유 곁의 부장들이 모두 하나같이 권했다.

"그렇더라도 최선을 다하시는 건 나쁜 일이 아닙니다."

"맞습니다. 승상의 어깨에 촉의 명운이 걸렸습니다."

잠시 생각하던 제갈공명이 입을 열었다.

"어쨌든 최선을 다해 보자!"

그 말을 들은 부장들의 얼굴이 펴졌다.

제갈공명은 결심을 바로 실행에 옮겼다.

"그대들은 갑옷 차림의 군사 마흔아홉 명에게 검은 깃발을 들게 하고 검은 옷을 입혀 장막 앞에 둘러서게 하시오. 나는 안에서 북두에게 기도를 올리겠소. 이레 안에 등불이 꺼지지 않으면 내가 열두 해는 더 살 것이오, 등불이 꺼지면 생명은 연장할 수 없소.[†] 사람을 들이지 말고, 모든 물품은 동자들에게 운반하게 하시오!"

"한 치의 어김 없이 시행하겠습니다!"

오늘날 도가의 비법은 건강한 몸과 마음을 이루고 정신을 가다듬어 자유로운 경지에 다다르는 건강법으로 알려져 있어. 이 비법은 우주의 원리에 따라 자연의 정기를 호흡하고 심신을 함께 수련하며 건강을 기르는 법이라 할 수 있지. 과거에는 도가 높은 사람이 우주와 하나가 되어 마음대로 생명을 연장하고, 그 밖의 도술을 부려 우주의 원리를 바꾸거나 다룰 수 있다고 믿었던 거야.

강유

강유에 대한 정사의 평가는 인색해. 꿈은 있지만 인명을 가볍게 여겼다는 비판을 받았거든. 상장군이라는 높은 지위에 있었지만 스승인 제갈공명을 본받아 청렴했고 집도 초라했대. 그런 까닭에 한 시대의 모범이 될 만한 인물이라는 평가도 있어.

제갈공명이 죽은 뒤 장완과 비의가 국정을 총괄할 때는 촉이 잘 유지되었는데 강유가 그 자리 올라선 뒤 멸망으로 이르렀다는 시각도 있어. 무리한 군사 작전을 감행한 것이 원인이었지.

강유가 명을 받고 준비했다.

며칠 뒤 제갈공명이 시킨 대로 모든 준비가 끝났다.

"승상, 준비를 마쳤습니다!"

그 말을 들은 제갈공명이 목욕재계하고 나섰다. 군사들이 호위하는 가운데 향기로운 꽃과 제물을 차려 놓고 일곱 개의 등불을 밝혔다. 그리고 절하여 축문을 외웠다.

"제갈량은 난세에 태어나 숲과 샘이 있는 자연에 묻혀 늙어 가려 했습니다. 하지만 소열황제께서 세 번이나 찾으신 은혜를 갚고, 어린 임금을 부탁하신 중임을 수행코자 견마지로를 다해 국적을 토벌해 왔습니다. 하지만 지금 별이 떨어지려 하고, 저의 수명이 다하려 하옵니다. 자비로운 하늘이 굽어살펴 신의 명을 늘려 주옵소서. 황제의 은혜에 보답케 해주옵소서. 한나라 사직을 지킬 수 있게 해주옵소서. 이는 망령되이 원하는 것이 아닙니다. 진실로 원하는 것입니다. 굽어살피옵소서!"

축원을 마치고 제갈공명은 밤새 기도를 했다. 낮에는 군무를 보고 밤에는 다시 정성껏 기도를 올렸다. 잠 한숨 안 자고 초인적인 의지를 발휘하면서.

천문을 보고 제갈공명의 명이 얼마 남지 않았음을 알게 된 사마의가 기뻐하며 하후패에게 말했다.

"장성이 제자리를 잃은 것을 보니 제갈공명이 병이 든 게 분명하다."

"정말입니까? 그렇다면 어찌해야 합니까?"

"그대는 천 명의 군사를 이끌고 가서 적의 동태를 살펴라. 촉군이 싸우러 나오지 않으면 공명이 병이 난 게 틀림없다."

하후패가 군사를 이끌고 곧장 오장원으로 나갔다.

제갈공명이 기도하기 시작한 지 여섯 번째 밤을 맞았다. 지극한 정성을 기울여 주등은 흔들림 없이 타올랐다.

"제발 아무 일 없어야 하는데."

"그러게 말일세."

부하 장수들도 함께 기도하는 심정이었다.

그날 밤도 제갈공명이 머리를 풀고 장성의 기운을 북돋우며 기도할 때였다. 영채 밖에서 함성이 들렸다. 군사들이 몰려오는 소리였다. 잠시 후 경계하던 위연이 장막 안으로 뛰어들며 외쳤다.

"승상, 위군이 쳐들어옵니다! 어서 방비해야 합니다!"

이때 조심성 없이 뛰어들던 위연†의 발에 주등이 걸려 넘어져 불이 꺼졌다. 제갈공명이 깜짝 놀라 탄식했다.

"아, 죽고 사는 일은 하늘에 달렸구나! 기도한다고 이루어지는 일이 아니로다!"

깜짝 놀란 위연이 엎드려 죄를 청했다.

"승상, 제가 큰 잘못을 했습니다!"

강유가 머리끝까지 화가 나서 위연을 죽이려고 칼을 뽑았다.

"이를 어쩔 것이오? 상보의 정성이 물거품이 되지 않았소?"

제갈공명이 손을 들어 막았다.

"그만두게! 이는 내 수명이 다했을 뿐 위연의 잘못이 아니오."

이미 기력이 쇠진한 제갈공명은 피를 토하며 비틀거렸다.

"승상, 괜찮으십니까?"

강유가 부축하며 물었다.

"괜찮소. 사마의가 내 병을 정탐하러 온 것이니 나가 싸우시오!"

"분부대로 하겠습니다!"

위연이 밖으로 나가 하후패를 이십여 리쯤 쫓아가다 돌아왔다.

강유가 장막 안으로 들어와 제갈공명의 병세를 살폈다. 제갈공명이 강유에게 말했다.

"이제 내 목숨은 조석에 달렸소. 내 평생 배운 것을 스물네 편의 글로 남겼지만 이를 전해 받을 장수가 없었소. 그대만이 덕목을 갖췄다 생각하니, 부디 이 책을 소홀히 여기지 마오."

"그런 말씀 마시고 어서 일어나십시오."

"아니오. 하늘이 허락한 시간이 이미 다 되었소."

강유가 울면서 제갈공명이 틈틈이 쓴 책을 받았다. 강유에게 이것저것 당부한 제갈공명은 마대를 불러 계교를 일러 준 뒤 말했다.

"내가 죽거든 반드시 그대로 시행하라!"

이어 양의가 들어오자 비단 주머니를 주며 당부했다.

"내가 죽으면 언젠가 위연이 배반할 것이오.

여기서 잠깐!!

위연은 《삼국지》에 등장하는 가장 억울한 인물 가운데 하나인 것 같아. 일단 등불을 꺼뜨렸다는 이유로 제갈공명의 죽음에 직접적인 책임을 지게 되었어. 이는 사실이 아니야. 그리고 제갈공명이 위연의 모반을 예견하고 있었다는 것도 허구야. 위연은 한마디로 악역을 맡아 희생양이 된 거야.

그때는 싸우기 전에 이 주머니를 열어 보시오. 그러면 위연의 목을 벨 사람이 나타날 게요."

이것저것 마무리를 한 제갈공명이 영채를 두루 살펴본 뒤 한숨을 내쉬었다.

"내 다시는 적을 토벌하지 못하겠구나. 이렇게 인생이 끝나다니 허무하도다."

제갈공명은 양의를 불러 후일을 당부했다. 그리고 황제에게 보내는 표문을 적었다.

황제 폐하께 아뢰옵니다!

사람살이에는 변치 않는 이치가 있어 정해진 수명에서 벗어나기 어려우니, 이제 죽음을 앞두고 마지막 남은 충성을 다하고자 합니다. 신 제갈량은 천성이 어리석고 옹졸하고 서툰데도 그간 과분하게 승상직을 맡아 명을 받들었나이다. 선제의 유지를 받들어 북벌에 나섰지만 번번이 뜻한 바를 못 이루고, 이렇게 병들어 폐하를 끝까지 섬기지 못하게 될 줄 생각이나 했겠습니까. 한스럽고 한스러울 따름입니다.

엎드려 바라옵건대, 폐하께서는 맑은 마음으로 몸가짐을 겸소히 가지시고 백성을 사랑하시어 선제의 뜻을 받들고 천하에 은혜를 베푸소서. 또한 어진 인재와 선비를 골고루 쓰시고 간사하고 간악한 무리를 멀리하여 나라의 기강을 바로 하소서. 신이 죽는 날에 비단 한 필, 몇 푼의 재물도 남기지 않은 것은 폐하의 믿음을 저버리지 않고자 함이라는 것을 아뢰며 이만 줄이옵니다.

표문이 끝나자 제갈공명은 양의에게 당부했다.

"내가 죽거든 발상도 하지 말고 군중은 여느 때처럼 안정케 하시오. 장성이 떨어지지 않게 등단을 밝혀 두고, 군사들에게 곡을 하지 못하게 하면 나의 음혼이 일어나 지킬 것이오. 그런 뒤 서서히 영채를 하나씩 후퇴하여 퇴군하도록 하시오."

"적군이 쳐들어오기라도 하면 어쩝니까?"

"사마의가 쫓아오거든 내가 만들어 둔 목상을 수레에 싣고 호위하며 적진으로 밀고 나가시오. 그것을 보면 사마의가 놀랄 것이오."

사람은 죽기 마련이다. 그러나 그가 사는 동안에 체득하고 공부하여 얻은 지혜는 죽음과 함께 사라지지 않는다. 제갈공명은 자신의 지혜를 최대한 후대에 보존하려 애썼다. 남은 자들은 제갈공명을 포함한 죽은 이들의 지혜를 활용하며 살아가야 할 운명이었다.

모든 지시를 마친 제갈공명은 기력이 다해 침상에 누웠다. 결국 그날 밤, 제갈공명은 죽음을 기다리다 누워 울부짖었다.

"그대들 수고가 많았소. 내 못다 한 유업은

장완은 제갈공명의 유지를 받든 촉의 신하야. 그는 매사를 제갈공명을 롤 모델 삼아 처리했어. 명철하고 과감하게 법치를 했고, 아부나 아첨을 멀리했지. 그는 제갈공명이 세운 국가 분위기를 그대로 유지했어. 또한 인재를 발굴하고 활용했으며, 규율이나 형식에 얽매이지 않았지. 그 덕분에 촉한은 한동안 큰 동요 없이 유지될 수 있었어.

그대들이 완수해 주기 바라오. 내가 죽은 뒤에 대사를 맡길 사람은 장완†
이 가장 적임자라 생각하오."

"으흐흐흐……."

부하 제장들의 오열 속에 제갈공명은 숨을 거두었다. 때는 건흥 12년(234)
8월 23일, 제갈공명의 나이 쉰넷이었다.

그날 밤, 하늘과 땅이 슬픔에 사로잡히고 달빛도 제 빛을 잃었다. 제
갈공명의 영혼은 하늘로 돌아갔다. 강유와 양의는 제갈공명의 명에 따
라 곡도 제대로 하지 못했다. 그들은 비밀리에 시신을 염한 뒤 감실에
모시고 나서 심복 부하 삼백 명에게 지키게 했다.

6
반골 위연의 최후

제갈공명이 죽었지만 위연은 아직 소식을 듣지 못했다. 대신 그는 잠을 자다 악몽을 꾸었다. 머리에서 뿔 두 개가 돋는 꿈이었다.

"아악!"

꿈에서 깨어나고도 너무 기이하여 머리에서 사라지지 않았는데, 행군사마 조직이 찾아왔다. 그는 꿈 해몽과 역리에 밝은 사람이었다.

"그대가 꿈 해몽을 잘한다고 들었소."

"무슨 꿈을 꾸셨습니까?"

"지난밤에 머리에서 뿔 두 개가 돋는 꿈을 꾸었소. 무슨 꿈인지 해몽

좀 해주시게."

조직은 한참 생각하다 입을 열었다.

"아주 좋은 꿈입니다. 상서로운 짐승은 다 뿔이 있습니다. 기린도 뿔이 있고 용도 뿔이 있으니, 분명히 변화가 있어서 높이 승천하실 길몽이라 생각합니다."

위연이 크게 기뻐했다.

"그 말대로 이루어진다면 그대에게 후하게 사례하겠소."

위연은 항상 마음속 깊은 곳에 야심을 품고 있었다. 자신이 어디까지나 무장으로 삶을 마감할 수는 없다고 생각했다. 조조나 유비나 손권 모두 칼 한 자루로 일어선 사람들이었다. 자신이라고 그렇게 되지 말라는 법이 없었다.

조직은 돌아가는 길에 비의를 만났다.

"위연의 영채에 들렀다 돌아가는 길입니다."

"무슨 일이라도 있었소?"

"위연이 꿈을 꾸었다 하는데 길조가 아닙니다. 바른 대로 말했다가는 무슨 일을 당할지 몰라 둘러대긴 했습니다."

"무슨 꿈인데 그러오?"

조직은 위연이 꾼 꿈 얘기를 했다.

"그것이 어찌하여 길조가 아니오?"

"뿔각 자(角) 모양을 살펴보면, 칼 도(刀) 아래 쓸용 자(用)가 있습니다. 머리 위에 두 개의 칼을 쓰고 있으니 흉한 꿈이지요."

"그 해몽이 맞는다면 심각한 일이구려."

"아무래도 위연이 반역할 기세입니다. 승상께서 돌아가신 걸 알면 바로 본색을 드러낼 것입니다."

"이 얘기는 누구에게도 발설하지 마시오."

비의는 마음의 준비를 단단히 하고 위연의 영채를 찾아갔다. 좌우의 사람을 물린 뒤 비의가 말했다.

"비밀리에 알릴 것이 있습니다."

"무엇이오?"

"어젯밤에 승상께서 세상을 떠나셨습니다."

"그게 정말이오? 나 때문에 그런 것이오? 나는 절대 일부러 그런 것이 아니외다."

위연은 혹시 다른 장수들이 제단의 불을 꺼뜨린 잘못이 자신에게 있다고 비난할까 두려웠다.

"어디 그렇겠습니까? 천명을 다한 것이지요."

"그렇게 생각해 주니 고맙소. 승상께서 아무 말 없이 돌아가시지는 않았을 듯하오. 유언이 있지 않았소?"

"승상께서 돌아가시면서 당부하셨습니다. 장군께서 뒤를 막아 사마의를 막으면서 천천히 퇴군하라고 말입니다. 승상의 부음을 군중에 알리지도 말고, 발상도 하지 말라고 하셨습니다. 여기 병부를 가져왔으니 군사를 일으키시지요."

위연이 의아해하며 물었다.

"그렇다면 누가 승상 자리를 대신하고 있소?"

"승상께서는 양의에게 모든 것을 맡겼고, 군사를 부리는 비밀은 강유에게 전하셨습니다. 병부도 양의의 분부로 가져온 것입니다."

위연이 버럭 화를 냈다.

"양의라면 일개 장사에 불과한데, 어찌 그리 큰 임무를 맡긴단 말이오?"

"승상의 유언이 그러합니다."

"양의는 승상의 영구를 모시고 성도로 돌아가 장사나 지내는 게 나을 것이오. 나는 기어이 사마의를 공격해 공을 세우겠소. 승상이 없다고 대사를 저버릴 수는 없소이다."

위연은 제갈공명이 죽은 마당이라 욕심을 부렸다. 이제야말로 자기 뜻대로 할 수 있다고 생각한 것이다.

비의가 차분하게 위연을 타일렀다.

"승상께서 유언을 남기셨습니다. 거역하지 마십시오."

"무슨 소릴 하는 거요? 승상께서 지난번에 내 계책대로 했더라면 우리는 벌써 장안을 취했을 것이오. 내가 정서대장군인데 장사 따위의 명을 받아 뒤나 막을 순 없소."

"그렇지만 우리가 경솔히 움직이면 적의 웃음거리가 되고 큰 낭패를 볼 수 있습니다."

"그렇더라도 나는 물러설 수 없소."

위연이 끝내 고집을 피우자 비의가 타협안을 냈다.

"제가 양의를 만나 장군께 병권을 넘기도록 말을 넣을 테니 그때까지라도 기다려 보십시오."

위연도 흥분을 가라앉히며 말했다.

"좋소. 그렇게 하리다."

위연의 영채를 나온 비의는 곧바로 대채로 향했다.

비의에게 위연의 뜻을 전해 들은 양의가 말했다.

"승상께서 분명히 위연이 딴마음을 품는다 했소. 과연 그대로 되고 있구려."

"미리 내다보신 것이오. 어찌하면 좋겠소?"

"일이 이러하니 강유에게 뒤를 막도록 하겠소. 나는 승상의 장례를 책임지는 게 급선무요."

양의는 강유에게 군사들을 천천히 물리고 뒤를 끊으라고 이르고 나서 제갈공명의 관을 성도로 운반하기 위해 먼저 길을 떠났다.

이때 위연은 아무리 기다려도 비의가 나타나지 않자 의심스러운 생각이 들었다.

"몰래 후방에 가서 어떤 일이 벌어지는지 알아보고 오라."

위연이 부장인 마대에게 후방 소식을 탐지해 오라고 명했다. 마대가 직접 확인한 뒤 돌아와 말했다.

"강유의 지휘 아래 군사들 태반이 회군했습니다."

위연은 머리끝까지 화가 났다.

"글이나 읽던 놈이 나를 기만하는구나. 내 이놈을 반드시 죽여 버리리라."

위연이 마대에게 물었다.

"그대는 나를 도울 것인가?"

마대가 골똘히 생각하더니 비장하게 대답했다.

"저도 양의에게 원한이 있습니다. 기꺼이 장군을 돕겠습니다."

"그대가 날 돕는다면 세상은 내 것이나 마찬가지요."

위연이 기뻐하며 영채를 거둔 뒤 먼저 회군한 우군의 뒤를 따라 남쪽으로 향했다.

한편, 사마의는 천문을 살피다가 큰 별이 지는 것을 보고 크게 놀라 외쳤다.

"드디어 공명이 죽었도다! 하늘이 나를 돕는구나!"

사마의는 당장 군사를 일으켜 추격하려 했다. 군사들이 채비를 하고 떠나려 할 때 의심 많은 사마의는 문득 다른 생각이 들었다.

"잠깐! 제갈공명의 술법은 기기묘묘한데, 혹시 죽은 것처럼 꾸미는 게 아닐까? 별이 떨어진 것도 속임수인지 모르잖아?"

제갈공명이 수명을 연장하려고 천문에 기도했다는 사실을 깨닫자 두려운 생각이 들었다. 혹시 우주의 섭리까지도 바꾸는 초능력을 가진 건 아닌가 싶었다.

"아무리 제갈량이라지만 멀쩡한 별을 떨어뜨릴 수는 없습니다."

부하들이 안심시켰지만 의심이 꼬리에 꼬리를 물자 사마의는 하후패를 불렀다.

"그대는 오장원으로 가서 적의 동정을 살펴보도록 하라!"

하후패가 오장원에 닿았을 때 촉군은 이미 퇴군하고 없었다. 하후패는 재빨리 돌아가 사마의에게 알렸다.

"촉군은 이미 철수해 군사가 하나도 없었습니다."

"그렇다면 제갈공명이 죽은 것이 분명하다! 얼른 추격하자! 아니, 나도 함께 가리라!"

사마의는 직접 군사를 이끌고 달려 나갔다. 두 아들과 함께 오장원으로 진군해 함성을 지르며 영채를 쳐들어갔다. 하지만 군사 하나 남아 있지 않았다.

"역시 빈 영채로구나!"

사마의는 그동안 수모를 당한 만큼 한시바삐 촉군을 무찌르고 싶었다. 제갈공명만 없다면 촉군은 두려운 상대가 아니었다. 그동안 촉군에게 시달린 한을 생각하면 치가 떨렸다.

"촉군을 추격하라!"

사마의가 앞장서고 아들 둘이 뒤를 따랐다. 그들은 쉬지 않고 달려가 마침내 후퇴하는 촉군 행렬의 후미를 따라잡았다.

"게 서라!"

사마의가 성난 물결 같은 기세로 박차를 가하며 달려갔다. 그때 느닷없이 산 위에서 포성과 함성이 천지를 진동했다.

"사마의, 네놈을 기다렸다!"

숲에서 군사들이 새까맣게 쏟아져 나오고, 후퇴하던 촉군이 뒤돌아 위군을 향해 달려들었다. 맨 앞에 깃발이 나부끼는데, '한 승상 무향후 제갈량'이라는 글자가 선명했다.

깜짝 놀란 사마의가 외쳤다.

"잠깐 멈추어라! 저건 제갈량의 깃발 아니더냐?"

뽀얀 먼지가 걷히고 장수들이 사륜거를 이끌고 나오는데 그 위에 제갈공명이 반듯하게 앉아 있는 것이 아닌가!

사마의는 가슴이 덜컥 내려앉았다.

"아뿔싸, 공명이 살아 있었구나! 내가 경솔했다! 후퇴하라!"

그때 등 뒤에서 복병이 나타났다. 강유가 숨어 있다 모습을 드러낸 것이다.

"사마의는 꼼짝 마라! 네놈은 우리 승상의 계책에 빠졌도다!"

강유의 외침에 위군 군사들은 몹시 당황했다.

"아이고, 속았구나!"

"제갈공명에게 또 당했어!"

군사들은 저마다 살려고 병장기며 갑옷을 집어던지고 도망쳤다. 그 와중에 자기들끼리 밟고 부딪히고 깨져 죽은 자가 부지기수였다. 사마의는 뒤도 안 돌아보고 죽어라 도망쳤다. 오십 리를 정신없이 달아나는데 뒤에서 달려온 장수들이 사마의의 말고삐를 잡아챘다.

"도독, 정신 차리십시오!"

사마의가 허둥지둥 자기 머리를 만지며 물었다.

"내 머리가 아직 그대로 붙어 있느냐?"

"안심하십시오. 촉군은 도망쳤습니다."

그제야 한숨을 내쉬며 사마의가 말고삐를 당겼다. 사마의를 따라온 장수는 하후패와 하후혜였다. 비로소 정신을 차린 사마의가 본채로 돌아와 촉의 형세를 살펴보도록 지시했다.

이틀이 지난 뒤, 한 사람이 사마의를 찾아와 알렸다.

"후퇴하는 촉군들이 하나같이 슬프게 울었습니다. 백기를 들고 가는 것을 보니 제갈공명은 분명히 죽었습니다."

"그렇다면 사륜거에 앉아 있던 자는 누구란 말이냐?"

"수레에 앉아 있던 것은 나무를 깎아 만든 목상입니다. 제갈공명처럼 만들어 속으신 겁니다."

사마의가 하늘을 올려다보며 탄식했다.

"아, 제갈공명은 정녕 신인이로다! 나는 정말 공명이 살아 있는 줄만 알았다."

그 뒤 후세 사람들은 '죽은 제갈공명이 살아 있는 사마중달을 쫓았다.'고 비웃었다.

이제 사마의는 걱정거리가 없었다.

"공명도 죽었고, 우리는 걱정이 없으니 회군하자!"

사마의는 군사를 이끌고 장안으로 돌아와 장수들을 나누어 요충지를 지키도록 명령했다. 그리고 자신은 황제를 만나러 낙양으로 향했다.

촉군은 촉으로 건너가는 잔도(험한 벼랑에 선반처럼 달아서 낸 길) 앞에 서서야 비로소 상복으로 갈아입었다. 조기를 올리고 온 군사들이 통곡하는데, 그 소리가 계곡을 울렸다.

선봉이 잔도를 건너려 할 때 갑자기 불길이 치솟으며 정체를 알 수 없는 군사들이 앞에 나타났다. 자세히 보니 위연의 군사들이었다. 위연이 먼저 와서 잔도에 불을 지르고 반역의 기치를 높이 든 것이다.

양의가 보고를 받고 크게 놀라 말했다.

"승상의 예언이 맞았구나! 위연이 반역한다더니, 오늘 이럴 줄은 몰랐구려. 돌아갈 길을 끊었으니 어쩌면 좋겠소?"

비의가 생각을 밝혔다.

"위연은 분명히 황제께 우리가 모반했다고 표문을 올렸을 것입니다. 우리도 황제께 표문을 올려 위연이 반역했다는 것을 알려야 합니다."

강유는 주변 지형을 익히고 있었다.

"여기에 지름길이 하나 있소이다. 사산이라는 지름길인데, 길은 좁지만 이 길로 가면 잔도 뒤로 빠질 수 있소이다."

양의는 황제에게 표문을 보내는 동시에 군사들을 사산 쪽으로 돌아가게 했다.

그 무렵 성도에 있던 후주 유선은 불길한 기운에 줄곧 마음이 편치 않았다. 그런 중에 급기야 제갈공명의 부음 소식이 전해졌다. 아버지처럼 모시라는 유비의 유언대로 살아오던 유선은 가슴이 찢어지는 고통을 느꼈다.

"어흐, 상보가 죽다니……. 하늘이 나를 버리셨구나!"

유선은 대성통곡하며 그대로 쓰러졌다. 오 태후도 소식을 듣고 목 놓아 울었다. 모든 관원들이 슬픔에 오열하고, 성도는 온통 눈물바다가 되었다.

이때 위연의 표문이 올라왔다. 양의가 스스로 병권을 움켜쥐고 반역을 저질렀으며, 적군과 함께 경계를 침범해 자신이 잔도를 태워 막고 있다는 표문이었다. 표문을 읽어 본 후주가 고개를 저었다.

"위연은 용맹한데 어찌하여 양의의 군사들을 못 막고 잔도를 불태웠을까?"

관원들이 모여 이 일에 대한 대책을 의논했다. 그때 양의의 표문이 올라왔다. 양의의 표문은 위연의 말과 정반대였다. 위연이 제갈공명의 유언을 따르지 않고 스스로 군사를 거느리고 한중에 들어와 잔도를 불태우고 반란을 일으켰다는 내용이었다.

이를 듣고 난 오 태후가 관원들에게 물었다.

"두 표문 가운데 어느 것이 진실이오?"

장완과 동윤을 비롯한 신하들은 위연의 반란에 무게를 싣는 의견을 냈다. 그동안 위연의 불평불만과 제갈공명이 미리 일러둔 말들이 있었기 때문이다. 후주는 신하들의 얘기를 듣고 고민했다.

"위연이 반란을 일으켰다면 어찌 막을 것인가?"

장완이 위로하며 말했다.

"승상께서 분명히 예비해 놓으셨을 겁니다. 양의가 믿는 구석이 있어서 골짜기로 들어왔을 테니 걱정하지 마십시오."

때마침 비의가 성도로 돌아왔다는 보고가 들어왔다.

후주가 비의를 불러들였다.

"표문이 이렇게 엇갈려 올라왔소. 누구 말이 진실이오?"

"위연이 반역한 것입니다!"

후주 유선은 자초지종을 들은 뒤 위연이 배신했다는 사실을 확실히 알게 되었다.

이때 위연은 잔도를 끊고 남곡에 주둔한 채 좁은 길목을 지키며 대사를 이루었다고 만족해했다.

"저자들을 무찌르고 성도로 돌아가면 난 큰 권력을 쥐게 된다."

득의양양한 위연은 양의와 강유가 깊은 밤 샛길로 돌아갔으리라고는 미처 생각도 못 했다. 양의는 혹시라도 한중을 잃을까 싶어 하평을 선봉으로 삼아 삼천 군사를 이끌고 먼저 나아가게 했다. 하평의 군사들이 남곡 뒤로 가서 북을 울리고 함성을 질렀다.

"역적 위연 놈아! 우리가 네 등 뒤에 있다!"

하평이 기세를 올리자 위연은 화들짝 놀랐다.

"이자들이 어느새 예까지 왔단 말이냐?"

위연이 칼을 휘두르며 군사를 휘몰아 달려 나갔다.

하평이 앞으로 나오며 소리쳤다.

"역적 위연은 들어라! 돌아가신 승상의 몸이 식지도 않았거늘, 네놈이 어찌 이럴 수 있단 말이냐?"

위연은 오히려 큰소리를 쳤다.

"흥, 너야말로 양의와 더불어 역적질한 놈이 아니더냐?"

하평은 이대로는 안 되겠다 싶어 위연이 거느린 군사들을 향해 심리전을 벌였다.

"위연의 군사들이여, 너희들은 모두 서천 사람들이 아니더냐? 부모와 처자식이 고향에 있는데 승상께서 너희들을 박대한 적이 있더냐? 그런데 어찌하여 역적 놈의 명령을 받들고 있느냐? 어서 고향으로 돌아가라! 너희들에게 내릴 상이 있고, 처자식 또한 문밖에서 목을 빼고 기다리고 있다."

그 말을 듣자 군사들은 서로 눈치를 보다가 함성을 지르며 앞다투어 흩어졌다. 그러자 위연이 성을 내며 소리쳤다.

"이런 못된 놈, 내 네놈을 당장 죽여 주마!"

위연이 달려오자 하평은 몇 합 맞받아 싸우는 척하다 도망쳤다. 군사들은 기다렸다는 듯 위연을 향해 화살을 쏘았다. 위연이 부랴부랴 말머리를 돌리는 사이 전의를 상실한 군사들이 또다시 흩어졌다. 위연이 눈을 부라리며 외쳤다.

"도망치는 자는 목을 벤다!"

하지만 위연의 군사들은 아랑곳하지 않고 산산이 흩어졌다. 오로지 마대의 군사 삼백여 명만 흩어지지 않았다. 위연은 마대의 의리에 눈물이 날 지경이었다.

"그대야말로 나를 진정으로 돕는구려. 내가 대사를 이루면 그대의 공로는 잊지 않겠소."

"제가 어찌 장군을 버리겠소?"

위연은 마대와 더불어 하평을 쫓았다. 그런데 어느 틈에 하평이 사라지고 보이지 않았다. 위연은 닭 쫓던 개처럼 멍하니 서 있다가 마대에게 말했다.

"군사도 없고 이리됐으니 나는 투항하는 게 좋겠다 생각하오."

그 말에 어이가 없었지만 마대는 일단 위연을 설득했다.

"장군, 어찌 그리 나약한 말씀을 하시오? 사나이가 칼을 뽑았으면 무라도 베어야 할 것 아니오. 용맹과 지모를 갖춘 장군이 어찌하여 무릎을 꿇는단 말이오? 우리에겐 아직 군사들이 있소. 먼저 한중을 취하고 서천까지 함께 취합시다."

"오, 그대 말을 들으니 힘이 솟는구려!"

위연은 군사를 정비한 뒤 남정을 치기 위해 출발했다.

이때 양의와 강유는 남정성에서 위연이 오기만을 기다렸다. 이윽고 멀리서 달려오는 위연과 마대의 군사들을 보고 해자 다리를 들어 올려 성문을 닫았다. 위연이 다가와 소리쳤다.

"너희들은 항복하라!"

강유는 양의와 의논했다.

"위연이 용맹한 데다 마대까지 도와주고 있소. 저자들의 군사가 적기는 하지만 어떻게 물리쳐야 할지 모르겠소."

양의가 대답했다.

"승상께서 돌아가시기 전에 내게 비단 주머니를 주셨습니다."

"그게 무엇이오?"

"위연을 죽일 계책을 적어 놓았다 하셨으니, 이제 꺼내 보지요."

비단 주머니를 열자 낯익은 제갈공명의 서신을 담은 봉투가 들어 있었다. 봉투 겉면에는 이런 말이 씌어 있었다.

위연과 싸울 때 말 위에서 열어 보면 반드시 이길 것이다.

강유가 기뻐하며 말했다.

"좋소! 승상의 명대로 군사를 이끌고 진을 벌일 테니 따라 나오시오!"

강유가 말에 올라 삼천 군마를 거느리고 기세를 올리며 성 밖으로 나갔다. 강유가 위연을 보고 소리 높여 꾸짖었다.

"반적 위연은 들어라! 승상께서 너를 어찌 보살펴 주었는데 은혜도 모르고 금수처럼 배반한단 말이냐? 당장 항복하라!"

위연도 지지 않고 맞받아쳤다.

"강유야, 너는 얼른 가서 양의나 나오라고 해라! 네가 간섭할 일이 아니다!"

이때 양의가 비단 주머니에 들었던 봉투를 뜯었다. 계교를 읽고 난 양의의 얼굴이 환해졌다. 가볍게 말을 몰고 나가 위연에게 손가락질하며 외쳤다.

"네 이놈! 승상께서는 네놈이 배반할 것을 이미 알고 계셨다. 그 말이 맞구나. 네놈이 진정 대장부라면 '이 세상에 나를 누가 죽인단 말이냐?' 하고 세 번 외쳐 보아라! 그러면 내가 모든 것을 너에게 넘겨주겠다."

"으하하하, 공명이 살아 있다면야 내가 어쩌지 못하겠지만 지금 누가 감히 나랑 대적한단 말이냐? 그런 소리는 세 번이 아니라 삼천 번이라도 할 수 있다. 이 세상에 나를 누가 죽인단 말이냐?"

위연이 호기롭게 외치는 순간이었다.

"내가 너를 죽여 주마!"

등 뒤에서 벼락같은 고함 소리가 나더니 누군가가 칼로 위연의 목을 내리쳤다. 눈 깜짝할 사이였다. 지켜보던 군사들이 모두들 눈이 휘둥그레졌다. 그는 바로 마대였다.

"반역자 위연의 목을 내가 베었소이다!"

마대는 제갈공명의 밀계를 받은 몸이었다. 위연이 소리칠 때 목을 베도록 이미 약조가 되어 있었고, 그대로 실행에 옮겨 위연을 죽인 것이다. 사람들은 이를 알고 칭찬해 마지않았다. 제갈량이 미리 위연의 속을 꿰뚫어 모반할 줄 알고 비단 주머니를 남겼기 때문이다.

이런 사실을 알게 된 후주는 위연의 죄는 씻을 수 없지만 지난날의 공로를 생각해 장사를 치러 주라고 일렀다.

양의 등이 제갈공명의 영구를 모시고 성도에 도착하자, 후주가 성 밖 이십 리까지 나와 영접했다.

"상보, 나를 버리고 떠나면 어쩌란 말이오, 으흐흐흑!"

황제가 대성통곡하자 온 백성이 함께 울었다. 영구를 붙잡고 성으로 들어온 후주는 제갈공명을 승상부로 모셨다. 그리고 그의 아들 제갈첨에게 장례를 치르도록 명했다.[†] 이어 양의에게 중군사의 벼슬을 내리고, 마대는 역적을 죽인 공이 크다 하여 위연의 벼슬을 모두 물려주었다.

후주는 제갈공명의 유언을 듣고 다시 한 번 통곡했다.

"승상께서 정군산에 장사 지낼 때 아무것도 꾸미지 말라 하셨습니다. 벽돌이나 석상도 세

제갈씨 집안은 놀라운 명문가야. 제갈공명이 촉한의 승상으로 최고의 자리에 올랐음은 물론 형인 제갈근은 동오에서 실력을 인정받았어. 게다가 위나라 정동대장군인 제갈탄은 제갈량의 사촌 형제뻘로 사마의의 전횡에 반발해 나중에 반란까지 일으켰지. 제갈씨 집안은 위, 오, 촉세 나라에서 모두 벼슬을 맡았으며, 그 지위 또한 낮지 않았어.

우지 말고, 재물도 쓰지 말라 하셨습니다."

그에 따라 후주는 몸소 제갈공명의 영구를 따라 정군산에 가서 안장했고, 그에게 충무후라는 시호를 내렸다.

제갈공명의 장례를 마친 뒤 후주는 정사에 전념했다.

그 무렵 동오에서 급보가 날아왔다. 손권이 전종에게 파구 경계 어귀에 군사 수만 명을 거느리고 가서 주둔하라 일렀다는 것이다.

후주 유선이 걱정하며 말했다.

"상보가 세상을 떠나자 동오가 이렇듯 배신하고 경계를 침범하려 하는구려. 어찌하면 좋겠소?"

장완이 나서며 말했다.

"제가 군사를 끌고 가 영안에 주둔하면서 만일의 경우를 대비하겠습니다. 사자를 보내 동오에 제갈 승상의 상을 알리시지요. 말솜씨 좋은 신하를 보내시는 것이 좋겠습니다."

그리하여 우중랑장 종예가 동오로 가게 되었다. 종예는 제갈공명의 부음을 전하는 동시에 동오의 허실을 염탐하는 임무를 맡았다.

얼마 후, 종예가 금릉으로 가서 오주 손권을 알현했다. 손권이 굳은 얼굴로 물었다.

"오와 촉은 동맹을 맺어 한집안인데, 왜 그대의 주인은 백제 땅에 군사를 늘렸는가?"

"소신이 생각하건대, 동오에서 파구에 군사를 더하셨으니 서촉도 백제를 수비하는 것이 마땅한 일 아니겠습니까? 서로 따져 물을 일이 아닌 듯하옵니다."

딱 떨어지는 답을 하자 손권의 얼굴이 풀어졌다.

"그대는 등지처럼 언변이 좋구나. 내가 파구에 군사를 보낸 것은 위군이 이번 상사를 틈타 촉을 쳐들어올까 염려해 행한 일이오. 우리는 제갈 승상이 세상을 떠났다는 말에 모든 관원들이 상복을 입고 슬퍼했다오."

"참으로 감사한 일입니다."

종예가 머리를 조아렸다.

"우리는 촉과 동맹을 맺었기에 의리를 저버릴 일이 없소."

손권은 황금 화살을 꺼내 꺾어 보이며 말했다.

"전에 맺은 맹세를 어기지 않을 것이오. 내가 그 맹세를 어긴다면 내 자손들이 이처럼 끊어질 것이오."

그러고는 서촉에 갈 사신들에게 온갖 선물을 주어 문상하고 오라고 일렀다. 종예는 하직 인사를 올리고 오의 사신들과 함께 성도로 돌아왔다. 이 사실을 전해 들은 후주는 기뻐하며 상을 내린 뒤 오의 사신들을 후하게 대접했다.

후주는 제갈공명의 유언에 따라 장완을 승

여기서 잠깐!!

제갈공명의 죽음 이후 촉은 234년부터 246년까지 장완이 나라를 다스렸어. 이어 비의가 정권을 잡은 이후 20년의 기간이 이어지지. 그런데 이런 기간의 이야기는 다 생략되었어. 오랜 기간인데도 증발해 버린 까닭은 바로 제갈공명의 제자인 강유를 전면에 내세우기 위해서야. 북벌 계승자인 그를 부각시키기 위해 30여 년의 세월이 《삼국지연의》에서 감쪽같이 사라진 거지.

상으로 높이는 동시에 녹상서사로 삼고, 비의를 상서령으로 삼아 승상을 돕게 했다. 또 오의를 거기장군으로 삼고, 강유를 보한장군 평양후에 봉하여 각처의 인마를 모두 감독하게 했다.

많은 장수들이 이전의 관직을 그대로 맡아 임무를 다했다. 오직 양의만이 불만이 가득했다. 장완보다 먼저 벼슬길에 나선 그였지만 직위가 장완 밑이었기 때문이다. 세운 공은 적지 않다고 생각했는데 상이 후하지 않자 양의가 노골적으로 불만을 드러냈다.

"승상께서 돌아가셨을 때 내 차라리 위에 항복했으면 이런 대접은 받지 않았을 것이오."

그 말을 들은 비의는 후주에게 이런 사실을 알렸고, 크게 화가 난 후주가 양의를 붙잡아 죽이려 했다. 그러자 장완이 딱하게 여겨 후주에게 아뢰었다.

"양의가 비록 죄는 크나 승상을 따라다니며 많은 공을 세웠습니다. 그러니 죽이지는 마시고 평민으로 내쳐 주옵소서!"

결국 후주는 양의의 벼슬을 빼앗고 한중 땅으로 내쫓아 평범한 백성으로 살게 했다. 양의는 부끄러움을 이기지 못하고 스스로 목을 찔러 자결했다.

그 무렵 위주 조예는 사마의를 태위로 봉해 모든 군마를 감독하게 하고 각처의 변방을 지키게 했다. 삼국이 모두 군사를 움직이지 않아 평화로운 시기가 이어지자, 조예는 큰 토목 공사를 일으켰다. 허도에 궁전을 지었고, 낙양에도 여러 채의 궁전을 짓고 단을 쌓아 올렸다. 궁전들은 대개 화려하기 짝이 없는 것들이었다. 푸른 기와와 금빛 벽돌을 썼으며, 대들보와 기둥을 지극히 아름답게 꾸몄다. 전국에서 삼만 명이 넘는 장인들이 동원되었고, 백성들도 삼십만 명이 넘게 부역을 했다. 그러자 사방에서 뜻 있는 선비들이 표문을 올려 토목 공사를 중단하라고 읍소했다. 사도 동심은 다음과 같은 표문을 올려 간절하게 청했다.

엎드려 아뢰옵나니, 지금 이 나라에는 숱한 전쟁으로 수많은 백성이 죽어 가문이 무너지고 대가 끊겨 산 자들은 고아거나 노약자들뿐입니다. 궁실이 비좁아 넓힌다 하더라도 때를 가려 농사에 방해가 되지 말아야 하는데, 아무 이익도 없는 건물 짓는 일이야 더 무슨 말이 필요하겠습니까? 폐하께서 관을 크게 쓰고 화려한 옷을 입는 것은 백성과 다름을 보이려 하심이옵니다. 그런데 그들에게 흙을 나르게 하고 나무를 지게 하여 그 몸을 흙투성이로 만들어 영광을 훼손하고 무익함을 높이시니, 무어라 더 드릴 말씀이 없습니다. 공자께서 말씀하시기를, 임금은 신하를 예로써 부리고 신하는 임금을 충성으로 섬겨야 한다 했습니다. 충성도 없고 예의도 없다면 나라가 어찌 제대로 서겠습니까? 이런 말씀을 올리면서 신은 반드시 죽을 것을 알고 있습니다. 죽음도 두렵지 않사오나, 신에게 아들 여덟 형제가 있사오니 신이 죽은 뒤 폐하의 정의를 베풀어 주옵소서. 그저 처분만 바랄 뿐입니다.

표문을 본 조예는 대로했다.
"동심이 죽기로 작정했구나!"
신하들도 동조하고 나섰다.

"방자한 동심을 참형에 처해야 하옵니다!"

그러자 조예가 아량을 베푸는 척했다.

"동심은 평소 충성심이 남달랐다. 그러니 죽일 필요까지는 없고, 관직을 빼앗고 평민으로 내쳐라. 하지만 또다시 이따위 소리를 지껄이는 자는 목을 벨 것이다!"

그런데도 표문은 그치지 않았다. 태자를 가까이 모시던 장무가 표문을 올려 강력하게 간하자, 조예는 가차 없이 그의 목을 베었다. 그러고는 마균을 불러 불로장생할 수 있는 방법을 알아 오라 일렀다.

그러자 마균이 말했다.

"한나라 스물네 황제 가운데 무제가 가장 오래 나라를 다스리고 장수했습니다. 하늘의 해와 달의 정기를 복용했기 때문입니다. 장안궁에 백량대를 짓고 승로반이라는 쟁반을 받쳐 든 동상을 세워 북두성에서 내린 이슬을 받아 마신 것이지요. 이 이슬을 천장 또는 감로라 하는데, 이물에 미옥 가루를 타서 마시면 젊어진다 하옵니다."

조예가 기뻐하며 명했다.

"오, 그런 것이 있단 말이냐? 그럼 당장 그것을 방림원으로 옮겨 감로를 받도록 하라!"

마균은 만 명의 장정을 장안으로 데려가 백량대를 해체하기 시작했다. 그러나 하늘의 분노를 샀는지 일진광풍이 불어 기둥이 쓰러지고 대가 무너지는 사고가 일어났다. 이 사고로 장정 천여 명이 깔려 죽었다. 그런 일을 겪고도 마균은 장정들을 다독여 동상과 승로반을 낙양으로 가져왔다. 또한 구리 기둥을 잘라 녹여 동상을 만들어 세우고, 일부는 용과 봉황을 만들어 세웠으며, 상림원에는 기이한 꽃과 나무들을 심고 괴상한 짐승들을 모아 기르게 했다. 그 화려함을 따라올 곳이 없도록 만들자 사방에서 또 표문이 올라왔다.

하지만 조예는 눈도 깜짝하지 않았다. 승로반을 안치해 감로수를 마시기 시작했고, 천하의 미녀들을 뽑아 방림원에 두고 쾌락을 즐겼다. 신하들이 아무리 표문을 올려도 귀를 기울이지 않았다. 게다가 황후인 모씨를 멀리하고 곽 부인에게 빠져들었다. 훗날 조예는 모 황후에게 사약을 내리고 곽 부인을 황후로 삼았다. 하지만 누구 하나 감히 나서서 말리는 자가 없었다.

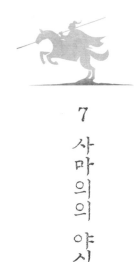

7
사마의의 야심

    당시 중국은 변방을 어떻게 관리하느냐에 따라 정국이 안정되기도 하고 어지러워지기도 했다. 지방의 힘센 실력자들은 반란을 일으키거나 중원을 도모하는 역적모의를 해 왔다. 크게 보면 명분이 어떻든 조조나 유비, 손권도 중원을 노리고 일어난 영웅들이었다. 요동의 공손연 역시 그런 생각을 갖고 있었다.

    "우리도 중원을 도모해 보자!"

    공손연이 군사를 모으고 스스로 연왕이라 칭하며 모반하자, 유주 자사 관구검[†]이 이 사실을 조정에 알렸다.

공손연은 스스로 연왕이라고 칭하며 연호까지 만들고 궁전을 세웠을 뿐 아니라 북방을 어지럽히고 있습니다. 하루빨리 조정에서 판단을 내리셔야 합니다.

위의 입장에서 공손연은 당연히 토벌 대상이었다. 조예가 문무 관원들을 모아 놓고 대책을 강구했다.

"공손씨가 반역을 했다. 어찌할 것인가?"

공손씨 집안은 오래전부터 요동 땅을 장악하고 있었다. 과거에 조조가 도망친 원소의 아들 원상을 그 지역까지 추격한 적이 있었다. 이때 조조가 들어오는 것을 두려워한 공손도의 아들 공손강이 원상의 목을 베어 조조에게 바쳤다. 그 공로를 인정해 조조가 공손강을 양평후에 봉했는데, 그에게 두 아들이 있었다. 바로 공손황과 공손연이었다. 공손강이 죽자 어린 아들들 대신 아우인 공손공이 직위를 계승했지만 호전적이던 조카 공손연이 숙부의 자리를 빼앗았다. 천성이 강인한 데다 문무를 고루 갖춘 공손연은 위에 위협적인 존재였다.

•여기서 잠깐!!

《삼국지연의》에는 등장하지 않지만, 244년 관구검은 고구려를 정벌하라는 명령을 받았어. 그는 고구려 군대를 물리치고 요령성 집안 부근에 있던 고구려 수도 환도성을 함락시켰지. 이듬해에는 현도 태수 왕기에게 명령해 고구려를 다시 공략하게 했어. 왕기의 군대는 함흥 평야를 거쳐 간도까지 군사를 끌고 갔어. 관구검은 환도 땅에 기공비를 세우고 개선했고, 이 비석은 20세기 초 그 조각이 집안현의 판석령에서 발견되었지.

이때 고구려를 지킨 충신이 밀우와 유유였어. 밀우는 위군에 맞서 고구려 왕의 목숨을 지켜 냈고, 유유는 위군 진영에 가서 항복하는 척하고 그들을 안심시킨 다음 적이 방심할 때 적장을 살해하고 스스로 목숨을 끊었어. 그 덕분에 고구려가 일대 반격을 가해 위군을 몰아낼 수 있었지.

이때 오주 손권은 요동으로 사신을 파견해 공손연을 연왕에 봉하며 자기편으로 끌어들이려 애썼다. 하지만 공손연은 상황을 지혜롭게 판단했다. 중원에 자리한 위가 지리적으로 가깝기 때문에 동오에서 보낸 사신들의 목을 베어 조예에게 바치며 충성을 맹세하는 척했다. 이를 가상하게 여긴 조예가 그를 대사마로 삼고 낙랑공에 봉했다. 그러나 이에 만족하지 못한 공손연이 마침내 연왕을 자칭하며 연호를 소한 원년이라 선언했다.

부장 가범이 공손연을 말렸다.

"주공, 중원에서 그동안 주공을 결코 소홀히 대하지 않았습니다. 상공 작위도 내리지 않았습니까? 별다른 원한도 없이 배신해서는 안 될 일입니다."

"그렇다고 언제까지 저들에게 고개를 숙일 수는 없지 않은가?"

"위의 세력은 우리가 상상한 것 이상입니다. 사마의 같은 용병에 능한 자가 있기 때문에 서촉의 제갈 무후도 당하지 못했습니다. 만일 위가 공격해 온다면 어찌 막으려 하십니까?"

"네가 무엇을 안다고 나서는 게냐? 지금 일어나지 않으면 어느 세월에 내가 천하를 노린단 말이냐?"

공손연은 화를 내며 가범을 결박해 목을 베라 명했다. 그러자 참군 윤직이 나서서 말렸다.

"가범의 말이 옳습니다. 요사이 나라에 요사스러운 일이 자주 일어나고 있습니다. 개가 사람 행세를 한다거나 백성이 밥을 지었는데 밥솥 안에서 죽은 여자아이가 나오는 일이 생기기도 했습니다. 상서롭지 못한 일이 자꾸 일어나니 길한 쪽으로 방향을 트셔야 합니다. 선불리 움직였다가는 큰 화를 면치 못할 것입니다."

"나를 말리는 네놈도 한통속이렷다!"

공손연은 더욱 화를 내며 윤직과 가범을 함께 죽여 버렸다. 그러고는 대장군 비연을 원수에 봉하고, 양조를 선봉으로 삼아 요동의 십오만 군사를 일으켜 중원으로 쳐들어갔다.† 변방의 관리들이 이런 사실을 알리자, 위주 조예는 놀라서 사마의를 급하게 불러 지혜를 구했다.

"이런 일이 벌어졌으니 어찌하면 좋겠소?"

사마의가 가소롭다는 듯 말했다.

"신의 병사 사만 명이면 충분히 적을 막을 수 있습니다."

"하지만 요동은 먼 곳 아니오? 그 먼 곳까지 군사를 끌고 가 땅을 되찾기란 쉽지 않은 일 아니겠소?"

"폐하, 싸움은 군사들의 수로 하는 것이 아닙니다. 어떤 자가 머리를 써서 군사들을 움직이느냐에 따라 승패가 갈립니다. 신이 폐하의 은덕에 힘입어 반드시 공손연을 붙잡아 무릎

여기서 잠깐!!

우리나라와 맞붙어 있는 요동지역은 한나라 말부터 공손씨가 장악하고 있었어. 이들은 중원에서 지리적으로 멀리 떨어졌다는 이유로 위, 촉, 오, 삼국 중 어디에도 복속되지 않고 독립적인 영역을 확보했지. 이때 요동을 차지하고 있던 공손연은 위나라에 대항하기로 하고 동오에 사신을 보내 손권에게 신하가 되겠다고 했어. 촉과 관계를 맺기는 아무래도 위의 영토를 통과해야 했기 때문에 어려움이 있었을 거야.

뚫리겠나이다."

"그대가 있어서 든든하오. 공손연이 어찌 나올 것 같소?"

"공손연은 이래저래 패하게 되어 있습니다. 반드시 신에게 사로잡힐 것입니다."

조예가 고개를 끄덕이더니 다시 물었다.

"먼 곳이라 오가는 데 시간이 많이 걸리겠지?"

"오가는 길을 계산하여 일 년이면 충분히 제압할 수 있습니다."

"일 년이나? 그사이 동오나 서촉이 쳐들어오면 어찌할 생각이오?"

"염려 마십시오. 이미 방어책을 마련해 두었습니다."

"그렇다면 안심이구려."

마침내 조예는 사마의에게 군사를 일으켜 공손연을 정벌하라는 명령을 내렸다. 명을 받은 사마의는 곧바로 호준을 선봉으로 삼은 뒤 군사를 거느리고 나아가 요동에 영채를 세웠다. 위군에 맞선 비연과 양조는 주위에 참호를 파고 녹각을 세워 경계 태세를 갖추었다.

부하들이 요동군의 동태를 보고하자 사마의가 웃으며 말했다.

"하하, 그들의 계교를 알겠다. 놈들은 우리가 지치기를 기다리는 것이야. 공손연의 군사들이 대부분 여기 와 있으니, 우리는 뒤를 돌아 양평으로 진군해야겠다."

"적을 등 뒤에 놓고 돌아간단 말입니까? 위험합니다."

"저자들은 반드시 양평을 구하려고 우리를 따라올 것이다. 그러면 기다리고 있다가 황급히 달려오는 적을 기습해 승리를 거두면 된다."

사마의는 계략대로 군사를 양평으로 움직였다. 그런 줄도 모르고 비연과 양조는 대책을 논의했다.

"위군은 먼 길을 달려왔기 때문에 오래 버티지 못하오. 군량이 떨어지면 물러날 테니 그때 쳐도 승산이 있소이다. 이것은 사마의의 꾀를 우리가 그대로 본받아 시행하는 것이오."

"어찌하여 그렇소?"

"촉군과 대치할 때 사마의는 절대 나가 싸우지 않고 위수의 남쪽을 굳게 지켜 제갈공명이 제풀에 지치지 않았소. 우리도 그가 써 먹었던 작전을 쓰는 것이오."

"좋소! 그렇게 합시다."

지연작전은 훌륭했으나 사마의는 그것조차 꿰뚫고 움직였다.

조금 뒤 정탐꾼이 달려와 소식을 전했다.

"급보입니다! 위군이 남쪽으로 움직이고 있습니다."

비연이 깜짝 놀랐다.

"뭐라고? 우리가 이곳을 지키다 본영을 뺏기면 어쩌지?"

"안 될 말입니다. 서둘러 돌아갑시다!"

비연과 양조가 군사들을 다그쳐 출발했다. 그 소식을 듣고 사마의가 크게 기뻐했다. 하후패와 하후위가 군사들을 거느리고 나가 길목에 매복하고 기다렸다. 잠시 후 요동군이 황급히 군사들을 이끌고 오는 모습이 보였다.

"이때다! 공격하라!"

북을 치자 양쪽에서 복병들이 일제히 치고 들어갔다. 요동군은 난데없는 기습에 대오가 흐트러졌다. 전투가 벌어졌지만 비연과 양조는 난

생처음 겪는 위의 강군들 앞에서 힘 한번 제대로 써 보지 못하고 도망치기 바빴다.

"후퇴하라! 너무 강하다!"

수산까지 도망치고 나서야 비로소 뒤따라오던 공손연의 군사들과 합세해 전의를 가다듬었다. 위군에 맞서 싸우려고 군사들의 태세를 정비하고 난 비연이 말을 몰고 나가 외쳤다.

"적장은 간계를 쓰지 말고 정정당당하게 나와 대결하라!"

하후패가 웃으며 나왔다.

"어디 네놈 실력을 보자꾸나!"

비연과 하후패가 맞서 자웅을 겨룬 지 얼마 되지 않았을 때였다. 하후패의 칼에 비연의 목이 맥없이 말 아래로 떨어졌다. 장수가 쓰러지자 요동군은 기세가 꺾였다. 그 틈을 놓치지 않고 위군이 기세를 올리며 요동군을 마구 짓이겼다. 일방적으로 당하던 공손연의 군사들은 양평성으로 들어가 문을 닫아걸고 움직이려 하지 않았다.

위군이 겹겹으로 성을 포위한 상태에서 대치가 이어졌다. 이때 가을비가 한 달 내내 쏟아져 사방이 온통 물바다였다. 평지에 호수처럼 물이 고여 군량을 운반하려면 배를 띄워야 할 지경이었다. 위군은 정강이까지 잠기는 물 때문에 앉기도 걷기도 힘들었다.

좌도독 배경이 보다 못해 제안했다.

"영내가 온통 진흙 밭입니다. 이런 곳에 군사를 두었다가는 전염병에 걸릴지도 모릅니다. 영채를 앞산으로 옮기시는 게 어떻겠습니까?"

사마의가 화를 벌컥 냈다.

"조금만 더 버티면 공손연을 사로잡을 수 있다. 그런데 어찌하여 이제 와서 영채를 다른 곳으로 옮기라는 것인가? 그런 소리 하는 자는 당장 목을 벨 것이다!"

그러자 이번에는 우도독 구련이 같은 소리를 했다.

"부디 태위께서 영채를 높은 곳으로 옮기도록 명령을 내려 주십시오. 군사들의 사기가 땅에 떨어졌습니다."

"네 이놈, 그딴 소리를 하면 목을 벤다고 했건만 어찌하여 또 그런 소리를 하느냐? 네놈의 목을 벨 수밖에 없다!"

사마의는 당장 구련의 목을 베어 원문 밖에 걸었다. 그 바람에 군사들은 물에 잠겨 오도 가도 못하면서 무어라 불평 한마디 할 수조차 없었다. 사마의는 남쪽 영채의 군사들만 이십 리쯤 후퇴시켰다. 그러자 양평성의 백성들이 나와 땔감을 구하기도 하고, 소와 말을 방목하기도 했다. 하지만 사마의는 그냥 내버려 두었다. 그것을 보고 진군이 사마의에게 물었다.

"태위께서는 군사 사만 명을 거느리고 먼 길을 오셨는데, 어찌하여 적들이 마음껏 나무하고 말과 소를 방목하도록 놔두시는 겁니까? 어떤 계략이 있을 거라 믿지만 도통 뭐가 뭔지 모르겠습니다."

"허허, 과거에는 군량이 적고 군사가 많아 속전속결할 수밖에 없었지만 지금은 그때와 정반대 아니오? 적은 수효가 많은데 우리는 적소. 게다가 적은 배가 고프지만 우리는 배가 부르니, 애써 조급하게 칠 이유가 없소이다. 내버려두면 놈들은 도망갈 것이오. 그때 추격해서 일시에 치면 되오."

"말과 소를 방목하게 놔둔 것도 그런 까닭입니까?"

"그렇소."

진군은 크게 감동했다.

사마의는 장기전에 대비해 조예에게 군량을 보내 달라고 청했다.

그러자 신하들이 의견을 냈다.

"지금 비가 많이 내려 군사들이 지쳤다 하옵니다. 사마의를 돌아오라 하시는 게 좋을 듯하옵니다."

하지만 조예는 사마의를 믿었다.

"아니오! 사마 태위는 지혜와 용병 능력에서 천하제일이오. 얼마든지 극복할 것이오."

"만에 하나 실수라도 하면 저희도 위태로워집니다."

"공손연을 꼭 잡아 올 텐데 무슨 걱정이오?"

조예는 신하들의 반대를 무릅쓰고 군량을 보내며 사마의를 격려했다.

마침내 장마가 끝나고 하늘이 맑게 갰다. 모처럼 맑은 하늘을 보고 천문을 살피던 사마의가 큰 별이 떨어지는 것을 보고 잠시 생각하더니 크게 기뻐했다.

"하하하, 좋은 징조로다!"

"무엇 때문에 그러십니까?"

"닷새 후면 공손연의 목을 벨 수 있다. 전군은 들어라! 내일부터 총공격을 개시한다!"

다음 날부터 위군이 온 힘을 다해 공세를 펼쳤다. 양평성을 포위하여 토산을 세우고 땅굴을 팠다. 성을 공격할 수 있는 온갖 방법을 동원하여 공격을 감행하고, 성안으로 화살을 빗발처럼 퍼부었다. 식량이 떨어져 주린 배를 달래던 터에 위군이 본격적으로 공세를 퍼붓자 성안 군사들과 백성들은 하루라도 빨리 항복하고 싶은 마음뿐이었다.

"이렇게 죽을 바에야 차라리 공손연의 머리를 베어 공이라도 세우는 게 낫겠어."

"맞아. 우리가 왜 개죽음을 당해야 하는가?"

민심이 흉흉해지자 공손연은 더 버티지 못하고 항복할 결심을 했다.

"사마의에게 항복하겠다고 전해라."

공손연이 비로소 사마의에게 사자를 보냈다. 하지만 사마의는 대노하여 사자들에게 물었다.

"항복할 것이면 공손연이 직접 찾아올 일이지, 어찌하여 너희들이 왔느냐?"

"태위께서 군사를 이십 리만 물려 주십시오. 그러면 저희 모두 성에서 나와 항복하겠습니다."

"뭐라? 그러면서 잔꾀를 부리려는 것 아니더냐? 여봐라! 무례한 저자들의 목을 베라!"

사마의는 사자들의 목을 베어 다시 돌려보냈다. 크게 놀란 공손연이 다른 사자를 보냈지만, 그 역시 위군의 엄청난 기세에 벌벌 떨며 겨우 말을 이었다.

"태위께서는 노여움을 푸십시오. 오늘 중으로 저희 주공이 세자인 공손수를 인질로 보낼 것입니다. 뒤따라 저희 군신이 스스로 항복하겠습니다."

하지만 사마의는 끝까지 압박했다.

"너희들은 들어라! 싸우려면 당당히 맞서 싸워라. 싸울 수 없다면 지킬 것이고, 지킬 수 없으면 도망쳐야 하고, 도망칠 수 없다면 항복해야 한다. 항복할 수도 없다면 죽음뿐인데, 비겁하게 자식을 보낸다고? 썩 돌아가서 내가 말한 대로 전해라!"

사마의의 말을 전해 듣고 놀란 공손연은 상의 끝에 도망치기로 결심했다. 그날 밤 남문을 열고 도망치는데 막아서는 자가 아무도 없었다.

"포위가 없구나. 어서 도망치자."

공손연이 안도의 숨을 내쉬며 미친 듯이 밤길을 내달리는데 숨어 있던 복병들이 나타나 길을 막았다. 복병 한가운데 사마의가 버티고 서서 그럴 줄 알았다는 듯 외쳤다.

"네 이놈! 어디를 도망가는 게냐?"

깜짝 놀란 공손연이 방향을 틀어 달아났지만 곧 호준의 군사들에게 막혔다. 게다가 하후패와 하후위, 장호와 악침이 철통같이 둘러싸는 바람에 더 어쩌지 못하는 상황을 맞았다.

공손연이 말에서 내려 무릎을 꿇었다.

"내가 별이 떨어지는 것을 보고 오늘쯤 네놈 목을 벨 줄 알았는데 그 징조가 맞았도다."

"과연 놀랍고 대단한 예지력이십니다!"

"저 두 부자의 목을 베라!"

"사, 살려 주시오! 항복한다지 않았소!"

"네놈은 진작 항복할 기회가 많았지만 거부했다. 대가는 죽음뿐이다!"

마침내 공손연 부자는 목이 떨어지는 참형을 받았다. 사마의가 군이 공손연 부자를 처형한 데에는 이유가 있었다. 그의 정치적인 야망 때문이었는데, 훗날 대권을 잡게 될 때를 대비해 중앙에서 먼 변방을 미리 강력하게 단속해야 한다고 생각한 것이다. 항복만 받고 암 덩어리처럼 남겨 둔다면 그것이 화근이 되지 않으리라는 보장이 없었다.

사마의는 마침내 군사를 이끌고 양평성으로 들어갔다. 성안 백성들이 절하며 위군을 맞이했다. 사마의는 관부를 차지하고 앉아 공손연의 가족과 공모한 관리들을 색출해 처형했다. 그러는 한편으로 민심을 다독였다. 공손연의 반란을 말리다 참형당한 가범과 윤직 묘의 봉분을 높여 주고, 자손들에게 재물과 벼슬을 내린 것이다.

"그런 공신들은 대우해 줘야 한다."

또한 창고의 재물을 모두 꺼내 삼군에게 나누어 주고 상을 내렸다. 이후 민심이 잠잠해지자, 사마의는 개선장군이 되어 다시 낙양으로 돌아왔다.

여기서 잠깐!!

《삼국지연의》를 보면 악인들이 귀신의 원한을 사서 죽는 장면이 자주 나와. 실제 역사에서 그럴 일은 없지만 왜 이렇게 자주 나오는 걸까? 그건 아마도 《삼국지연의》가 대중적 인기를 얻으면서 이야기를 듣는 청중들의 염원을 반영한 결과인 것 같아. 곱게 병으로 죽으면 분이 안 풀리니 귀신이라도 등장시켜 죽이는 걸로 해야 대중들의 심리에 잘 맞았던 거지. 천벌을 받을 자가 잘 살다 죽었다는 것과 정말 천벌을 받아 죽었다는 이야기의 느낌이 완전히 다른 것과 마찬가지 아니겠어?

하루는 위주 조예가 깊은 밤에 자고 있는데 으스스한 기운이 돌고 바람이 일더니 등불이 꺼졌다. 이어 어둠 속에서 모 황후와 함께 죽은 궁인들이 나타나 울부짖었다.[†]

"억울한 내 목숨을 돌려 다오. 내 목숨을 돌려 다오."

"아악!"

조예는 깜짝 놀라 벌떡 일어났다. 그 후 며칠이 지나도 환영이 사라지지 않았다. 조예는 급기야 몸져눕고, 병이 점점 위중해져 광록대부 유방과 손자에게 추밀원(황제의 칙명을 관장하는 관아)을 맡아보게 했다. 또한 조비의 아들인 연왕 조우를 대장군으로 삼아 태자 조방을 보좌하면서 섭정을 하도록 명했다. 말하자면 자신은 정치 일선에서 물러난 것이다. 그러나 조우는 사람이 온화하고 성품이 겸손해 대임을 맡으려 하지 않았다.

"명을 거두어 주십시오. 저는 맡을 수가 없습니다."

대임을 맡았다가 화를 입을 것을 두려워한 까닭이다. 결국 조예는 유방과 손자에게 물었다.

"종친 중에 누가 대임을 맡아 이 나라를 이끌면 좋겠는가?"

오래도록 조진의 은혜를 입었던 두 사람이 동시에 말했다.

"조진의 아들 조상이 적임자라고 생각합니다."

그에 따라 조예가 조서를 내렸고, 연왕 조우는 임지로 돌아가도록 명했다.

"황제의 조서입니다. 연왕은 즉시 임지로 돌아가시되 앞으로 부르지 않으면 오지 말라 하셨습니다."

연왕 조우는 울면서 임지로 돌아갔다. 그 대신 조상이 대장군이 되었다. 이때 조예는 점점 병이 깊어져 스스로 다시 일어나기 힘들 것을 알았다.

"사마의를 불러라. 나의 마지막이 다가오는구나."

명령을 받은 사마의가 허창으로 달려왔을 때 조예는 숨이 넘어가기 직전이었다.

"아, 그대를 만나니 안심이 되오."

"폐하의 옥체가 편치 않음을 들었습니다. 용안을 뵈오니 천만다행입니다."

유비가 제갈공명에게 뒷일을 부탁하듯 위주 조예가 태자 조방과 대장군 조상, 시중인 유방과 손자 등을 불러 사마의의 손을 잡고 간절히 부탁했다.

"과거에 유현덕이 병이 위중해 아들 유선에게 모든 것을 맡기면서 제갈공명에게 간곡히 부탁했소. 그 부탁을 받고 제갈공명이 끝까지 최선을 다한 것은 만천하가 아는 일이오. 작은 나라도 이러한데, 우리 같은 대국에서 더 말해 무엇 하리오? 짐의 아들인 방은 겨우 여덟 살이오. 나이가 너무 어리니 태위와 종친, 신하들이 모두 한마음으로 보필하여 나의 뜻을 저버리지 말아 주시오."

이어서 아들 조방을 불렀다.

"얘야, 중달 어른은 나와 한 몸 같은 분이다. 마땅히 공경하고 예의를 다하여라."

조방은 사마의 앞에 꿇어앉아 손을 잡고 놓지 않았다.

"태위, 오늘 태자가 그대에게 보인 정을 잊지 마시오."

"이 몸이 죽을 때까지 충성을 다하겠습니다."

사마의는 감동하여 눈물을 흘렸다.

마침내 조예는 숨을 거두었다. 황제가 된 지 13년이 되었고, 나이는 서른여섯이었다. 남아 있던 신하들은 조방을 제위에 올렸다. 조예의 시호는 명제라 하고, 평릉에 장사를 지냈다.

사마의는 이때부터 조상과 함께 정사를 돌보았다. 조상은 사마의를 몹시 두려워해 매사에 조심했다. 일이 있으면 반드시 그에게 먼저 알린 뒤 결정했다.

조상은 어려서부터 궁중에 드나들었기 때문에 예법을 잘 알았고, 인품이 뛰어나 그의 문중에 식객이 오백 명 넘게 드나들었다. 그들 중 특히 다섯 사람이 그와 친하게 지냈다. 하안, 등양, 이승, 정밀, 그리고 필궤였다. 그밖에 환범이 있었는데, 그는 지략이 뛰어나 사람들이 '꾀보'라고 불렀다.

어느 날 하안이 조상을 은근히 부추겼다.

"주공은 왜 대권을 남에게 맡기십니까? 그러다 후환이 생기면 어찌하시려고요?"

"사마공은 나와 함께 어린 황제를 보좌하라는 선제의 당부를 받은 사람이오. 그를 배반해 딴생각을 품을 수는 없소."

"과거의 일을 잊으셨습니까? 주공의 선친께서는 중달과 함께 촉군을 물리칠 적에 수차에 걸쳐 모욕당하고, 그 때문에 돌아가시기까지 했습니다. 그런 사실을 잊은 건 아니시지요?"

그 말을 듣자 조상은 정신이 번쩍 들었다. 그는 관료들과 의논한 다음 황제 조방을 찾아가 말했다.

"사마의는 그동안 세운 공이 높고 덕이 크니 벼슬을 높여 태부로 삼는 게 어떻겠습니까?"

"그 말대로 하십시오."

그리하여 사마의는 태부로 물러났다. 자연스럽게 나라의 병권이 조상에게 돌아갔다. 조상은 아우들의 벼슬을 높이고 어림군을 장악해 마음대로 궁에 드나들었다. 또한 하안과 등양, 정밀에게 상서의 벼슬을, 필궤는 사예교위, 이승은 하남윤으로 삼았다. 이 다섯 친구들과 조상이 나랏일을 좌지우지하며 세력을 키워 갔다. 더불어 조상을 추종하는 자들이 더욱 늘어났다. 권력이 조상에게 옮겨 가자, 처신의 달인답게 사마의는 병을 핑계로 몸을 사렸다.

"소신은 병으로 나라 일을 돌볼 수가 없습니다."

조상은 날마다 하안 등과 어울려 쾌락에 빠졌다. 입고 마시고 먹는 것이 황궁과 똑같았고, 각처에서 올라온 공물은 자신이 먼저 차지한 다음 나머지를 궁으로 들여보냈다. 그의 집안에는 미녀들이 가득 찼고, 그는 단청을 화려하게 입힌 누각에서 호화롭게 지냈다.

이때 하안은 평원 땅에 있는 관로가 점술이 용하다는 말을 듣고 그를 청해 왔다. 옆에 있던 등양이 관로에게 물었다.

"주역에 통달하셨다고 들었소. 어찌하여 주역에 대해서는 한마디도 안 하시오?"

"무릇 주역을 아는 자는 주역에 대해 말하지 않는 법입니다."

하안이 웃으며 칭찬했다.

"허허, 참으로 옳은 말이오. 내 점괘나 한번 뽑아 보심이 어떻소? 혹시 나에게 삼공의 자리에 오를 운이 있겠소?"

"글쎄올시다."

"꿈 해몽도 해주시오. 밤마다 쇠파리가 모여드는 꿈을 꾸는데, 이건 또 무슨 징조요?"

그러자 관로가 대답했다.

"지금 군후께서는 벼슬이 높고 권세가 커서 주위에 사람이 많습니다. 하지만 덕을 따르는 자는 적고 위엄을 두려워하는 자들뿐입니다. 산은 높되 위태롭지 않아야 오래도록 자리를 지킬 수 있으니, 쇠파리들이 몰려온다는 것은 썩은 냄새를 맡았다는 것이지요. 군후께서는 넘치는 것을 줄이시고 예가 아니면 행하지 마십시오. 그렇다면 삼공의 자리에 오를 것이며, 쇠파리 떼도 물리칠 수 있을 것입니다."

점괘를 말하면서 직언을 한 것이다. 등양이 화를 벌컥 내며 자리에서 일어났다.

"이 늙은이가 어디서 상스러운 소리를 하는 것이냐?"

그러자 관로가 말했다.

"늙은이가 살지 못할 것을 보고, 상스러운 말을 하는 자가 말하지 못할 것을 보았구나."

관로는 휑하니 돌아갔다. 그러자 하안과 등양이 함께 웃었다.

"저런 미친 늙은이가 있나, 허허!"

관로는 집에 돌아와 외삼촌에게 그런 사실을 털어놓았다. 그러자 외삼촌이 걱정스레 말했다.

"하안과 등양의 권세가 등등한데 어찌 그런 말을 했는가?"

관로가 별것 아니라는 듯 대답했다.

"죽은 자와 얘기했는데 두려울 것이 뭐란 말입니까?"

"어찌하여 죽은 사람이란 말이냐?"

"등양은 걸을 때 근육이 뼈를 지탱하지 못해 수족이 없는 듯 휘청거렸습니다. 조만간 귀신이 될 상이지요. 또 하안의 눈을 보니 혼이 집을 지키지 못해 화색이 없고, 정신이 맑지 않아 연기처럼 떠 있는 데다 용모가 바짝 마른 나뭇가지 같았습니다. 둘 다 조만간 죽을 텐데, 내가 어찌 그런 자들을 두려워한단 말입니까? 걱정하지 마십시오."

듣다못해 외삼촌이 욕설을 퍼부었다.

"사람이 미치지 않고서야 어찌 그런 허무맹랑한 소리를 지껄이느냐?"

그런데도 관로는 웃을 뿐이었다. 그 점괘가 그대로 맞아떨어질 줄은 아무도 몰랐다.

조상은 하안과 등양을 데리고 사냥을 즐겼다. 그때 동생 조희가 말리며 걱정했다.

"형님은 사냥만 즐기고 계십니다. 어떤 자들이 역모를 꾸밀지 모르는데 경계하심이 옳을 것입니다."

"당치 않은 소리 마라! 병권이 내 손에 있거늘, 누가 군사를 움직여 모반을 꾀한단 말이냐?"

조상은 그렇게 태평한 시간을 보냈다.

세월이 흘러 위주 조방이 연호를 고쳐 가평 원년(249)으로 삼았다. 조상은 만사가 평온했지만 마음 한구석에 찜찜하고 불안한 요소가 남아 있었다. 바로 사마의의 존재였다.

"사마의는 도대체 무엇을 하고 있단 말인가? 가만히 있을 자가 아닌데……"

이때 위주 조방이 이승을 형주 자사로 제수했다. 조상은 좋은 기회로 여겨 이승에게 당부했다.

"그대는 임지로 가는 길에 사마의에게 들러 하직 인사를 하고, 어찌 지내는지 동정을 살펴보시게."

"분부를 따르겠습니다!"

이승이 부임하다 사마의의 집으로 들어가 방문 사실을 알렸다. 이승이 왜 왔는지 모를 리 없는 사마의가 아들 둘을 불러 당부했다.

"분명히 내 동태를 살피러 온 것이다. 내가 정말 병이 났는지 알아보러 온 것이니, 너희들은 그에 맞게 행동하라."

사마의는 한바탕 연출을 할 셈으로, 얼른 옷을 벗고 머리를 헝클어뜨린 채 침상에 누웠다. 영락없는 환자의 행색이었다.

마침내 이승이 침상으로 다가와 문안을 올렸다.

"태부께서 이렇게 병이 위중한 줄 미처 몰랐습니다. 진작 찾아뵙지 못해 송구하옵니다."

사마의가 손사래를 치고는 말이 없자, 이승이 말을 이었다.

"이번에 황제의 명으로 형주 자사가 되어 가는 길에 인사를 드리러 왔습니다."

사마의는 웃으며 짐짓 엉뚱한 소리를 했다.

"그래, 병주는 북방에 가까우니 잘 지키시오."

"아닙니다. 병주가 아니라 형주입니다."

"무슨 소리요? 그러면 병주에서 왔다는 말씀이오?"

"그게 아니라 형주 자사로 간다는 말입니다."

"아, 형주에서 왔다는 이야기군요. 형주는 내가 잘 아오. 과거에 유비가 머물던 곳 아니오? 동오를 막으려면 아주 중요한 곳이라오. 수고하셨구려."

"어허, 이런!"

도무지 이야기가 안 통하자 이승이 아들들에게 물었다.

"아버님의 병세가 언제부터 이리 심하셨소?"

"태부께서 귀가 어두워 말을 잘 알아듣지 못하십니다. 정신도 혼미하시고요."

"아, 이럴 수가……."

이승이 종이에 먹을 찍어 필담을 하자, 사마의가 그제야 알아들었다는 듯 말했다.

"미안하오. 내가 귀를 먹은 것 같소. 가면 몸조심하시오."

이때 시비가 탕약을 가져왔다. 사마의는 탕약을 마시면서 손을 덜덜 떠는 바람에 절반 이상을 흘렸다.

"아이고, 내가 아무래도 죽을 때가 된 것 같소이다. 약도 제대로 못 먹겠으니……."

"몸조리 잘 하십시오!"

"그대는 우리 두 아들을 잘 이끌어 주시오. 대장군을 뵙거든 두 자식을 잘 부탁하더란다고 전해 주오."

그 말을 끝으로 사마의는 침상에 쓰러졌다.

이승은 돌아와 이런 사실을 조상에게 상세하게 알렸다. 조상은 더없이 기뻐했다.

"하하, 그 늙은이가 더는 근심거리가 될 일은 없겠군."

한편, 사마의는 이승이 떠나자 두 아들에게 말했다.

"자, 이제 기회가 왔다!"

"아버님, 어쩌시려는 겁니까?"

"조상은 이제 나에 대한 경계심을 풀고 언제든지 움직일 것이다. 성 밖으로 나올 때를 기다렸다가 일을 도모할 것이니, 너희도 단단히 준비하라!"

과연 사마의의 말마따나 조상은 다음 날 위주 조방에게 선제의 고평릉에 제를 올리러 가자고 청했다. 위주 조방은 관원들을 거느리고 어가에 올라 성 밖으로 나갔다. 조상은 심복들과 함께 어림군을 이끌고 어가를 호위했다. 그때 환범이 걱정스레 말했다.

"주공께서는 궁궐을 지키는 군사들을 모두 거느리고 계십니다. 그런데 형제분이 모두 궁 밖으로 나간다는 건 위험합니다. 만약 성안에 변고라도 생기면 어쩌시렵니까?"

조상은 환범을 꾸짖었다.

"네 이놈, 누가 변을 일으킨다는 말이냐? 어리석은 말은 다시 꺼내지 마라!"

그날 사마의는 군사들이 성을 비우고 나갔다는 말을 듣고 기뻐했다.

"모두들 모였는가? 이제 우리가 나설 때다!"

사마의는 과거의 심복 장수들을 모두 불러 모은 뒤 말에 올랐다.

"조정의 병적인 존재인 조상을 제거하러 가자!"

사마의는 폭풍처럼 성안으로 들어가 군사를 제압한 뒤 사도 고유에게 대장군을 맡겼다.

"조상의 근거지를 모두 점거하라!"

이어 태복 왕관에게 중령군을 주어 조상의 동생 조희의 진지를 점거하게 했다. 자신은 옛 관리들을 이끌고 후궁으로 들어가 곽 태후에게 모든 사실을 아뢰었다.

"태후마마, 오랜만에 알현하옵니다!"

"사마 태부가 어인 일로 궐에 드셨소?"

"나라가 어지러워 가만히 누워 있을 수가 없었습니다."

"아니, 그게 무슨 말이오?"

"조상은 선제께서 탁고한 은혜를 잊은 지 이미 오래되었습니다. 그가 간사한 무리와 함께 나라를 어지럽히니, 그 죄를 물어 관직을 폐해야 합니다."

곽 태후는 놀라 어쩔 줄 몰라했다.

"설령 그렇다 해도 성안에 지금 아무도 없지 않소?"

"신이 황제께 표문을 올리고 간신들을 없앨 계책을 세웠으니, 태후마마께서는 걱정 마십시오."

태후는 두려움에 떨며 시키는 대로 했다. 사마의는 표문을 작성하게 한 다음 환관에게 주어 황제에게 바치라고 명했다. 그런 뒤 무기고를 점령했다.

급박하게 돌아가는 상황은 조상의 집에도 알려졌다. 조상의 아내 유씨가 당장 관리를 불러 물었다.

"주공께서 안 계신 마당에 사마의가 반역을 했다는데, 사정이 어찌 돌아가는가?"

수문장 반거가 말했다.

"놀라지 마십시오. 제가 알아볼 테니 염려 놓으십시오."

반거가 궁노수를 이끌고 문루에 올라갔다. 때마침 사마의가 군사를 이끌고 부중 앞을 지나가는 것이 보였다.

"저자가 역적의 수괴다! 활을 쏴라!"

반거가 궁노수들에게 활을 쏘라고 명했다. 사마의는 난데없이 쏟아지는 화살에 앞으로 나가지 못하고 주춤거렸다. 그러자 손겸이 나서서 반거를 말렸다.

"멈추시오! 태부께서 국가 대사를 보는 중이니 공격을 멈추시오!"

반거는 순간적으로 사세 판단을 했다. 이미 권력이 넘어간 것을 알고 공격을 중지시킨 것이다. 그제야 비로소 사마소가 사마의를 호위해 성을 빠져나가 낙하에 군사들을 배치했다.

이때 조상의 수하인 노지는 사마의가 반란을 일으킨 것을 알고 참군 신창을 찾아갔다.

"이를 어쩌면 좋소? 중달이 반란을 일으켰단 말이오."

"중달이 기어이……."

"이대로 있다간 우리도 죽소."

"우리는 군사를 이끌고 성을 빠져나갑시다. 일단 황제께서 계신 곳으로 가는 게 좋겠소."

노지를 보내고 나서 신창은 황급히 후당으로 달려갔다. 그를 보고 누이인 신헌영이 물었다.

"동생은 어찌하여 이리 허둥대는가?"

신창이 자초지종을 말하자 누이가 의아해했다.

"사마공이 역모를 꾀했단 말인가? 그럴 리 없다."

"지금 역모 때문에 성안이 온통 난리가 났습니다. 사마의가 황제가 되려는 모양입니다."

"아니야, 그럴 리가 없다. 사마 태부는 조상이나 죽이려는 것일 게야."

"그럼 앞으로 일이 어찌 될 것 같소?"

"조 장군은 사마공을 이길 수 없다. 반드시 지고 말 것이야."

"노지와 함께 황제가 계신 곳으로 가기로 했는데, 그래도 괜찮겠소?"

"직분을 지키는 것이 네가 할 일이지. 섬기던 사람을 외면한다면 이보다 큰 잘못이 어디 있겠느냐? 가서 황제를 지켜라."

누이의 말을 듣고 신창은 노지와 함께 기병 수십 명을 이끌고 막아서는 자들을 물리치며 성을 가까스로 빠져나갔다. 사마의가 그런 사실을 알고 환범까지 도망갈까 싶어 은밀히 사람을 시켜 그를 불러들이도록 했다. 환범은 어쩔 줄 몰라 아들과 뒷일을 상의했다. 그러자 환범의 아들이 말했다.

"이럴 때일수록 황제 곁에 계셔야 합니다. 남쪽으로 내려가십시오."

"그래, 네 말이 맞다."

환범은 곧 평창문으로 달려갔다. 하지만 성문이 닫혀 있었다. 다행히 성문지기가 전에 자기 밑에 있던 부하인 사번이라, 죽판을 꺼내들고 큰 소리쳤다.

"태후께서 내린 조서가 여기 있다. 어서 문을 열어라!"

그러자 사번이 말했다.

"확실치 않은 걸 보고 문을 열 수는 없습니다."

"네가 나를 의심하는 게냐? 내 부하였던 네놈이 어찌 이럴 수 있단 말이냐?"

환범이 얼굴을 붉히자, 사번은 어쩔 수 없이 문을 열어 주었다. 환범이 성문을 빠져나가며 말했다.

"태부가 반역을 일으켰다. 너도 함께 도망치자."

그제야 사번이 놀라 말했다.

"그럼 그 죽판이 가짜란 말입니까?"

"그게 무슨 상관이냐?"

사번은 자신이 속았다는 걸 알고 환범을 쫓아갔다. 하지만 환범이 멀리 달아나는 바람에 놓치고 말았다. 사마의가 뒤늦게 보고를 받고 놀라서 탄식했다.

"아, 꾀보도 도망쳤구나. 이제 어쩌면 좋단 말인가?"

옆에 있던 장제가 말했다.

"걱정 마십시오. 조상이 쓰지 않을 것입니다."

사마의는 허윤과 진태에게 명을 내렸다.

"그대들은 조상에게 가서 내가 딴마음이 없다고 하고, 다만 그들 형제의 병권을 거두려 할 뿐이라고 전해라!"

허윤과 진태가 곧 말을 달려 나갔다.

조상은 사냥터에 개를 풀어 신나게 사냥을 즐기고 있었다. 그때 문득 급보가 올라왔다.

"성안에 변고가 생겼습니다. 그리고 태부 사마의가 표문을 보내왔습니다."

"뭐라, 사마의가 표문을?"

조상은 깜짝 놀라 말에서 떨어질 뻔했다. 환관이 황제에게 사마의의 표문을 올리자, 조상이 측근 신하에게 읽게 했다.

정서대도독 태부 사마의는 황송한 마음으로 머리를 조아려 표를 올립니다. 신이 요동에서 돌아왔을 때 선제께서 폐하와 진왕과 저를 불러 손을 잡고 후사를 염려하셨습니다. 그런데 지금 대장군 조상이 선제의 부탁을 어기고 나라를 어지럽히고 있습니다. 권세와 위용을 마음대로 쓰고 누려 용납할 수 없는 데다 환관 장당을 도감으로 삼아 폐하를 감시하고 황제 자리를 엿보고 있습니다. 그리하여 천하의 인심이 흉흉해지고 백성들이 두려움에 떨고 있으니, 이것은 선제가 저에게 부탁하신 뜻이 아닙니다.

신은 비록 늙고 우매하지만 선제의 말씀을 잊지 않고 있습니다. 폐하를 제대로 모시지 않은 조상 형제가 병권을 갖고 있는 것은 용납할 수 없습니다. 이제 명령을 내리셔서 조상과 조희, 조훈 형제의 병권을 빼앗으시고, 더 이상 어가를 억류하지 못하게 하시옵소서. 만일 말을 안 듣는다면 저들을 군법으로 처단하겠습니다.

신은 병을 무릅쓰고 낙수에 군사를 주둔하여 만일의 사태에 대비하고 부교를 지키고 있사옵니다. 이런 사실을 아뢰는 동시에 들어주시기를 엎드려 기다리겠나이다.

위주 조방이 다 듣고 나서 조상에게 물었다.

"태부의 말이 이러한데, 그대는 어찌할 것인가?"

조상은 대답을 못 하고 두 아우를 돌아보았다.

"너희들은 어찌 생각하느냐?"

조희가 작심하고 말했다.

"형님께서 전부터 제가 몇 번을 간해도 듣지 않으시더니 일이 이렇게 터졌습니다. 사마의는 제갈공명도 당해 내지 못한 천하의 영재입니다."

"그러면?"

"우리 스스로 가서 항복하는 것이 좋겠습니다. 죽음이라도 면하는 것이 옳다고 생각합니다."

조상으로서는 받아들이기 힘든 현실이었다. 그때 신창과 노지가 도착해 말했다.

"성안에 군사들이 들어와 물샐틈없이 방비하고, 사마의가 부교를 지켜 다시 돌아가기 어렵습니다."

이어 가까스로 도망친 환범이 다가와 조상에게 말했다.

"태부가 반란을 일으켰소. 어서 황제를 모시고 허도로 가서 군사들을 불러 사마의를 치십시오. 그것만이 살길입니다."

그러나 조상은 움직이지 않았다.

"가족들이 모두 성안에 있지 않으냐. 무슨 일을 당하려고 원병을 청한단 말인가?"

"지금 주공께서 황제를 모시고 있잖습니까? 주공의 명을 따르지 않을 이가 없습니다. 그런데 왜 사지에 뛰어들려 하십니까?"

그런데도 조상은 결단을 못 내렸다.

"그래도 생각을 좀 해야겠다."

"답답하십니다. 이곳에서 허도까지는 반나절 거리입니다. 지금 성안에 수많은 군량이 쌓여 있고, 게다가 주공의 군사들이 관문 남쪽에 대기하고 있으니 부르기만 하면 달려올 것입니다. 지체 말고 움직이는 게 옳습니다."

우유부단한 조상은 여전히 결단을 못 내렸다.

조금 뒤 시중 허윤과 상서 진태가 와서 말했다.

"태부께서는 장군의 권한이 막강해 병권을 꺾고자 할 따름이지, 다른 뜻은 없다고 하십니다. 그러니 얼른 성으로 돌아가시지요."

조상은 입을 다물었다.

그때 전군교위 윤대목이 도착해 말했다.

"태부께서는 다른 뜻이 전혀 없답니다. 장제가 장군께 권하는 서신이 여기 있습니다. 병권을 내려놓고 얼른 성으로 돌아가십시오."

그 말을 듣고 조상은 마음이 움직였다.

"아무래도 병권을 내놓고 상부로 돌아가야 할 것 같다."

환범이 다시 말렸다.

"어찌하여 저들의 말만 믿고 죽을 곳으로 들어가려 한단 말이오?"

"오늘 하루 생각해 볼 것이다."

조상은 밤새도록 고민하면서도 결단을 내리지 못했다.

다음 날 아침 환범이 찾아와 물었다.

"주공께서는 어찌하여 하루 종일 고민하고도 결단을 못 하시오?"

그 순간 조상은 결심했다.

"나는 군사를 일으키지 않겠소. 벼슬도 버리고 그저 부유한 늙은이로 살다 가면 족하겠네."

그 말을 듣고 환범이 하늘을 보고 허탈하게 웃었다.

"하하하하! 과거에 조자단은 천하의 지모를 긍지로 삼았건만, 영웅의 아들 삼 형제는 돼지 새끼나 마찬가지인 졸장부로다. 이런 자에게 내가 몸을 맡겼다니, 으흐흐흑!"

환범은 통곡하며 눈물을 그치지 않았다. 조상이 인수를 꺼내 사마의에게 보내려고 하자 주부 양종이 붙잡고 통곡했다.

"병권을 버리고 스스로 결박되어 항복한다면 남은 건 죽음밖에 없습니다!"

"그렇지 않다. 태부는 약속을 지킬 것이야."

조상은 마침내 인수를 건네주고 사마의에게 전달하도록 했다. 그 모습을 본 군사들은 뿔뿔이 흩어졌다. 우유부단한 그의 밑에 있다가 어떤 화를 당할지 모르기 때문이다.

마침내 사냥터를 떠나 성으로 돌아오자, 사마의는 조상 삼 형제를 집으로 돌려보냈다. 나머지 군사들은 모조리 감금하여 황제의 명을 기다리게 했다. 뒤이어 환범이 도착하자 사마의가 물었다.

"환 대부는 어찌하여 처지가 이리되었는가?"

"드릴 말씀이 없습니다."

환범은 고개를 땅에 박다시피 하며 묵묵히 성안으로 향할 뿐이었다.

사마의는 마침내 어가를 모시고 영채를 거두어 낙양성으로 들어갔다. 이어 조상 삼 형제의 집 대문에 자물쇠를 채워 연금을 시켰다. 그러자 백성들이 겹겹이 포위하여 지켰다.

얼마 후 집안에 갇혀 있던 조상은 양곡이 떨어졌다. 편지를 써서 사마의에게 양곡을 보내 달라 부탁하자 당장 백 섬의 식량을 날라다 주었다. 그러자 조상이 아우들에게 말했다.

"봐라! 사마공은 우리를 죽일 생각이 없도다."

조상은 근심 걱정이 사라졌다. 하지만 일은 다른 데서 벌어졌다. 사마의가 환관 장당을 붙잡아 옥에 가두고 문죄하자, 장당은 다른 이들을 물고 들어갔다.

"저 혼자만 역모를 꾀한 것이 아닙니다. 하안, 등양, 이승, 필궤, 정밀과 같이 했습니다. 삼 개월 안에 반란을 일으키겠다는 약조를 받아 냈습니다."

장당의 거짓 실토로 그와 연루된 사람들이 붙잡혀 옥에 갇혔다. 게다가 성문지기였던 사번이 사마의에게 환범의 죄상을 알렸다.

"거짓 칙서를 들어 성을 빠져나가면서 태부가 반역을 일으켰다고 말했습니다."

사마의는 몹시 화를 냈다.

"남을 역적이라 몰아간 자는 무고죄로 큰 벌을 받아야 한다!"

환범도 끌려와서 옥에 갇혔다. 그 후 사마의는 수순대로 조상 삼 형제의 목을 베고 삼족을 멸했다. 그 일당들도 모조리 죽이고 재산을 모조리 빼앗았다.

사마의가 조상을 죽이자 태위 장제가 말했다.

"아직도 더 죽일 놈이 남아 있습니다."

"누구냐?"

"노지와 신창은 관문을 쳐서 성 밖으로 나갔고, 양종은 인수를 빼앗아 내놓지 않으려고 버텼습니다. 이들도 그냥 두면 안 됩니다."

"그자들은 주인을 위해 일했으니 의리 있는 사람들일 뿐이다. 죽이지 마라. 옛 직책으로 돌아갈 수 있게 하라."

그리하여 그들은 복직되었다.

신창은 그 말을 듣고 누이에게 말했다.

"대의를 저버릴 뻔했는데, 누님 덕분에 내가 살았소이다."

후세 사람들은 신헌영을 칭찬했다. 일찍이 동생을 정도를 걷게 하여 죽음을 피하게 했다는 것이다. 대의를 지키는 사람은 누구도 건드릴 수 없다. 그들은 이미 기꺼이 목숨을 버릴 준비가 된 사람들이기 때문이다. 권력자나 영향력이 큰 사람이라 해도 대의를 지킨 사람은 어쩌지 못하는 법이다.

사마의는 민심을 무마하기 위해 신창을 용서하고, 조상 밑에 있던 수하들을 여럿 살려 주었으며 관직을 복직시켰다. 그리하여 군사와 백성들이 모두 난동을 피하게 되었다.

이때 하안과 등양은 모두 죽었다. 점쟁이 관로의 말이 그대로 맞아떨어진 셈이다. 사람들은 죽기도 전에 이미 죽은 사람임을 알아본 관로의 놀라운 신통력을 칭송해 마지않았다.

주석으로 쉽게 읽는
고정욱 삼국지 9

초판 1쇄 발행 2022년 1월 7일
초판 7쇄 발행 2024년 1월 22일

엮은이 고정욱
펴낸이 이범상
펴낸곳 (주)비전비엔피 · 애플북스

기획 편집 차재호 김승희 김혜경 한윤지 박성아 신은정
디자인 최원영 이민선
마케팅 이성호 이병준 문세희
전자책 김성화 김희정
관리 이다정

주소 우) 04034 서울특별시 마포구 잔다리로7길 12 (서교동)
전화 02) 338-2411 | **팩스** 02) 338-2413
홈페이지 www.visionbp.co.kr
인스타그램 www.instagram.com/visionbnp
포스트 post.naver.com/visioncorea
이메일 visioncorea@naver.com
원고투고 editor@visionbp.co.kr

등록번호 제313-2007-000012호

ISBN 979-11-90147-86-6 04820
        979-11-90147-77-4 04820 [SET]